明 天 更 好

邹佩◎著

天津出版传媒集团

天津人民出版社

图书在版编目（CIP）数据

明天更好 / 邹佩著 . -- 天津：天津人民出版社，

2020.4（2022.3重印）

ISBN 978-7-201-15875-4

Ⅰ.①明…Ⅱ.①邹…Ⅲ.①中国文学－当代文学－

作品综合集Ⅳ.①I217.2

中国版本图书馆 CIP 数据核字 (2020) 第 049619 号

明天更好
MINGTIANGENGHAO

出　　版　天津人民出版社
出 版 人　刘庆
地　　址　天津市和平区西康路 35 号康岳大厦
邮　　编　300051
邮购电话　（022）23332469
网　　址　http://www.tjrmcbs.com
电子信箱　reader@tjrmcbs.com

责任编辑　刘子伯
策划编辑　莫义君
特约编辑　张　帆
出版策划　谢亚良

印　　刷　天津兴湘印务有限公司
经　　销　新华书店
开　　本　880mm × 1230mm 1/32
印　　张　6.75
字　　数　150 千字
版次印次　2020年4月第1版　2022年3月第2次印刷
定　　价　49.80 元

明天更好

祝成功

平凹  2019

第七届矛盾文学奖获得者、中国作家协会副主席、陕西省作家协会主席贾平凹题字

贾平凹、毕淑敏、杨焕亭、尚云需等联袂推荐

明 天 更 好

明天更好

著名文化学者肖云儒题字

装点此华章

明天更美好

杨焕亭书贺

著名作家、咸阳市作家协会主席杨焕亭题字

推荐序——

博学而笃志，切问而近思

　　文学从来都由少数精英统治，不同的时代造就不同的意见领袖，抑或不同的意见领袖缔造不同的时代。但不同时代的不同意见领袖却有着文化品质上的相同，即，对人类存在的上层建筑起着精神化的昭示。

　　虽然意见领袖鹊巢鸠占，文学的呈现方式已然从少数精英统治变为大众娱乐，但这娱乐的文化属性仅限于社会生存层面，而在与人类存在的精神层面之间，仍有着文化本质的差异。因而，鹊仍是鹊，鸠还是鸠。娱乐只是娱乐。

　　真正的文学，文采焕发于语言艺术，依仁游艺于社会文化，心凝形释于精神感知。文学是美的呈现，是智慧的结晶，是意识形态的自我觉醒。

在当代文学群体中，邹佩是具备这种潜质的青年作家之一。从她近期一系列作品中，我们可以看到她不同凡响的艺术气质和精神倾向。

在她的作品中，"美"是她行文中最靓丽的一道风景。如同邻家小女，秀眸乌灵、珠凝双眉，用天使可爱无邪天籁般的童真向你娓娓道来牛郎织女隔空的银河思恋，如数家珍讲述后羿射日亘古的神话传说。文字清新隽永，质朴无华，是她驾驭散文语言艺术的能力体现。她信笔勾勒出的美文背后，是她最真实的生活经历和最真挚的生命体验。她的每一个字符都流淌着她的血和泪，她用秀美的手抒发着她的心，美是她对生命的讴歌，血脉的回响。

在她的精神认知中，落落大方，不卑不亢，是她感知世界后，对平凡而伟大人生的执着追求。在面对世俗社会的睿智审视与剥离能力，从而转换至自己孜孜以求的理想国的勇气，是优秀文学家的基本素养。

在她的艺术气质中，纯粹，哲理，成熟，是她艺术表现力的显要特点。她的灵性，智慧，勇气，谦逊，好学与力量都令人惊奇的被柔和在了一起，这是一个散文家所必备的素养，然而很多人都没有，但她有。

正如这部散文集的书名——《明天更好》，相信也祝愿她的明天，更好。

（作者：郭瑞丰，陕西师范大学文学研究所文艺理论研究室副主任、研究员）

自序——

明天更好

　　"我不知该怎么办了，特别焦虑，压力特别大，你能理解那种感受吗？"我声音沙哑、情绪低落地打电话对朋友说，情到深处时，眼泪悄然落下。

　　"哈哈，就为这个呀？没关系，你不用怕，有我呢。有什么不懂随时向我咨询，我教你。"他在电话那头笑了笑继续说，"一篇好的稿子都是被修改了上百次的，没有被枪毙过稿件的记者不是一个好记者，你这才改了多少。"

　　是的，我是做新闻的，是一名记者。更准确地来说，是一名实习记者。从2月12日入职到2月28日的今天，我在新闻行业整整待了14天，后面可能还有很多个14天。具体我不敢保证。

　　2019年2月12日，大年初八，应人

民日报海外网某频道郭总编的多次聘请，我决定换个环境，跳出待了六年之久的稳定清闲的国企，到媒体行业转转。

一直觉得自己很酷，酷到周五下班后凭感觉买机票回家收拾东西拉着箱子能说走就走；酷到能把满脑子的新奇想法一一实践；酷到快30岁的人了还相信自己不是池中之物，国企快万的工作还折腾得要转行。

我本科毕业于西电的通信专业，真真确确的工科生，可和满是计算公式的理科相比，我更偏爱文科，尤其是和文艺沾边的东西，比如文学，比如新闻工作。所以在经过很多个日夜琢磨和探究之后，我决定过来，一起在新闻界"玩玩"。我在来之前也深思熟虑地想过，这个转行和跨界的幅度有点大，不过我想我应该问题不大。

果然，我在人民日报海外网某频道就职的第一周便吃不消了，不懂专业术语，不懂新闻的分类，更不懂何为刊例价。我诚惶诚恐，小心翼翼。

在上班第一天，我连夜赶出来的策划方案被总编一口否定，第二日，我再一次加班加点地修改方案到凌晨，直至该方案通过；第三日，总编要我写一篇人物特写，在接到任务时，我对我所知晓的信息有些疑惑，便向总编请教。但很快，我又发现我不懂的专业知识多如牛毛，也就更觉得压力大了。

总编无意中说了这样一句话，甚至让我怀疑起了自己，"你让我头疼，你还是没明白？"

"您放心，明天中午前我一定将稿子发给您。"我有些不自信了。

那日正好是周五，到家后的我开始查阅资料，越查越觉得自己

是个庸才。以前任何稿子都敢接、都敢写的我在那一刻竟是那般的惶恐不安，便也开始自惭形秽。我咬了咬牙关，躲在被窝潸然落泪起来。

"新闻学里边儿，学问大着呢，现在呀，你就得花上比别人努力100倍的功夫来学习，别人在学校里都是学了四年甚至八年都没有研究透的学科，你想几天时间就搞清楚，这怎么可能呢？你也不要心急，慢慢来。一篇好的新闻稿，就是三分写，七分采访，在采访的过程中，你要想清楚你应该如何采访，如何提问，这些都是有技巧的，这个你在以后的实践中会总结到。"朋友见我太着急，便耐心宽慰道。

第二日是周六，早上赶八点去采访了一位画家朋友，采访完后，便去了曲江书城继续写稿。为了更好地完成总编交给的任务，我查阅了各种资料，写了两种不同版型的稿件，写完后，又打电话给几位资深媒体朋友寻求指导，直至我再无法修改，才将这两种稿件发予总编。

下午三点过，总编打来电话，提了些许问题，要我再次修改。我只得咬着牙噙着泪继续改稿子。说实话，在没做新闻工作之前，我一向都是一个信心满满的人，我传递给身边人的都是乐观、积极、向上，我带给很多人的是一种坚忍不拔、不服输的正能量。我从未看不起自己，从未怀疑过自己。可那一天，让我一度地对自己产生质疑。我拿着电话对总编说："您稍等一下，我现在就改。"总编觉察到我的声音有些呜咽，便开始安慰我，鼓励我，为我打气。

一周后，我慢慢上了手，工作干起来也得心应手多了。我买了很多新闻类书籍，如李大同的《冰点故事》，如华夏出版社的《华尔街日报》，如龙应台的《野火集》，再如南方周末出品的《南方人物周刊》，在上下班休息的空闲时间里，我把我的所有时间全都献给了新闻读物和新闻学。晚上在公司加班学习到半夜，饿得胃疼，我一边用手揉着胃，一边做着笔记，同事汪婷见我用功学习，便把自己收藏多年的相关书籍也带给了我，并在工作中耐心为我解惑。

也许是我虚心的学习和谦卑的态度过了头，我在第二周的时候就已完全适应媒体工作，并能心手相应。要质量，那我就给质量，要效率，那我就给效率，总编见我又回到了那个自信满满、热情洋溢的状态，不由得连连称赞。但我深知，我学到的只是皮毛，要幸福就要奋斗，我还得继续撸起袖子加油干。

不管是我的本职工作，还是我的写书工作，亦或是我在美学、茶学等各个学科上的学习和探究，我一直都本着一种尊重生命，对生命负责的态度，我不想在年轻的时候碌碌无为，虽然到今天为止，我并没有做出多大成绩，也没有让很多有梦想的人把梦实现，即使仍有很多人因为我备受鼓舞，也都还在努力追梦。

但我知道，凭着他们这般勤奋和坚持，努力和聪慧，就一定会实现自己的各种梦想，活成自己最喜欢的模样。因为我都实现了。

2018年，对我来说是丰收的一年，也是带有遗憾的一年。丰收的是，我的散文集《青春是一场没有终点的行走》在全国比较多的高校成了学生们的青春成长手册；在很多个城市成了上班族迷茫期的一剂良药；在一部分管理层的办公室成了四五十岁大叔忆年轻时候自己的一壶茗茶。还让我更幸福的是，有逃学于外的学生在我的

贾平凹·毕淑敏·杨澜等·尚云儒等联袂推荐

明天更好

劝说和开导下，考进了我所在城市的大学；有失恋的姑娘在我的鼓励和影响下，很快走了出来，活成自己；有婚姻不幸福的读者在我的文字和情感里，找到了问题根源，并将问题很好地解决。

遗憾的是，我认为《青春是一场没有终点的行走》这本书个别地方还不够成熟，但有朋友宽慰我说，"不管怎样，这就是你的青春，这就是你青春里发生过的故事，这里有你的用情，你的用心，你的用力，所以最终你活成很多人想要的模样。"想想也是，这样想，便也不觉得惭愧和自责了。

这本《明天更好》和上一本相比，我融入的情感、投进的精力更多，笔法和思想也更成熟，毕竟我又长了一岁。读的书、走的路多了，见的人、经的事多了，便也不自觉地成熟了。本书中，有我及身边人的励志故事，有春花秋月的灵动，有对生命绽放的敬重，有行旅中的人与景、人与情的交织，我用最深情的文字，讲述着那些最质朴鲜活的故事，分析着忽明忽暗的人性，抒发着和煦饱满的情感。我只是想，为所有读者呈现出了一个翠绿欲滴的世界。

但在，在定稿之际，我并不轻松。

说心里话，我们一直心存梦想：成为一名优秀的写作者。无论是内容还是形式。我不敢奢望藏之名山传之后世，但绝对是真情相注；我不敢在经典大作前班门弄斧，但绝对是亲身感触；我不敢让读者陶醉其中流连忘返，但绝对是一碗营养颇多的果蔬汤。

所以，书目的挑选是斟酌再三的，书的内容是修改屡次的，书的名字是饱含深意的。明天更好四个字，不仅是我对自己明天的期许，更是对尊重生命的所有追梦人的真挚祝愿。

也许我并不知道你有什么样的梦想，但我敢笃定的是：当你翻开这本书的时候，你一定是个怀揣斗志的人。不管你是少年，还是青年，甚至中年、老年，你一定都是个热爱生活、崇尚生命的人。

我应该猜得没错，对吧？

最后，我还是想用本书的书名——《明天更好》，来为你祈祷，为你带来点点星光，照亮你前往明天的路。

感恩所有人。

邹 佩

2019 年 2 月 28 凌晨于西安

目录
CONTENTS

贾平凹·毕淑敏·杨焕亭·肖云儒等联袂推荐

明天更好

心生欢喜，向光而生

编者按：走过那么多城市，看过那么多风景，唯你的素雅和质朴深深地打动了我，我愿你永远是枝头那一抹翠绿，绿了这片荒凉和凄美，绿了树梢，绿了枝干，再绿了深深扎根的那片黄土地。

我愿和你一样，翠绿欲滴，心生欢喜，向光而生。

——题记

“我想吃兰州拉面。”

“我也是，那我们去兰州吧，第二天去张掖。”

“好。”

这是我们元旦节前的对话。说罢，娅在网上订好了高铁票，我订好了酒店。我们就这样心照不宣地开始计划着这次旅行。

12 月 30 日，我们在离发车时间还有一个半小时时，匆匆赶往高铁站，虽抱一丝侥幸，但最后还是错过了那班高铁，只得改签到了下午。

当一个人心生欢喜的时候，即便遇到再不幸的事情，都不会觉得无聊和痛苦。时间过得飞快，我们很快上了车，列车行驶了两个多小时，抵达兰州。

兰州的夜比西安要黑得早一些，温度也比西安低不少。我们挽着臂弯，下意识地裹紧了外套，来到当地一家比较有特色的兰州拉面馆，两人狼吞虎咽地吃了起来。第一次，发觉拉面是那样的好吃，可能我们真的饿了。

兰州的夜和西安很像，干冷干冷的。街上的人们走得很匆忙，大概是怕这北吹的冷风袭进他们一丝一毫的肌肤里吧。街上人很少，大概除了四处闲逛的我们，就剩下那些为了生计不得不出来摆摊的大妈大叔们。在城关区庆阳路十字路口，有位满头银发的大妈蜷着身子缩在一辆发旧的自行车后边，车头挂了一些会发光的发卡，这些好看的发卡，在这冷冷的夜里，显得愈发明亮。再看看旁边大妈单薄的身子，我们忍不住心疼起来。买了两只带鹿耳朵的会发亮的卡子，我们挥手告别了大妈。

走远些时，我们将发卡别在了头上，我问娅："好看吗？""嗯，好看。"

"娅也好看。"我对她抛了个媚眼。

"嘿嘿，讨厌。"娅笑着说，眼睛眯成了一条线。

不知什么原因，怎么笑都觉得难看，那就干脆回酒店休息吧。

12月31日，早晨七点半，兰州的天还没亮，我们便收拾好行李，再次赶往高铁站，前往张掖。

在很久以前，我就听说张掖的丹霞很美，很奇特，所以这次说什么也不能错过了。中午抵达张掖，我们匆匆吃完饭便赶往丹霞。

因为要赶时间，我们约了辆快车。司机师傅是当地人，更是一位长期接触旅游业的汉人。我们一上车，师傅便向我们介绍起了丹霞。师傅讲得很细，也很吸引人，虽说还没到跟前，但仿佛早已身临其境。

张掖丹霞地貌是国内独有的与彩色丘陵相结合的景观，由"冰沟丹霞"和"七彩丹霞"组成。冰沟丹霞以错综交杂的线条及奇特壮观的地形让人震撼，七彩丹霞以她那色彩斑斓的色调、灿烂夺目的壮美而著名。两丹霞间隔约12千米。冰沟丹霞景区主要分布在张掖市肃南县康乐乡，白银乡地段，七彩丹霞景区主要分布在临泽县倪家营乡。以肃南裕固族自治县白银乡为中心，海拔高度在2000米至3800米之间，数以千计的悬崖山峦全部呈现出鲜艳的丹绝色和红褐色，相互映衬各显其神，展示出"色如渥丹，灿若明霞"的奇妙风采的丹霞地貌。她的造型奇特，色彩斑斓，气势磅礴，把祁连山雕琢得奇峰突起，峻岭横生，五彩斑斓，因此当地少数民族把这种奇特的山景称为"阿兰拉格达"。

很快，我们到了景区门口，零下十几度的气温让我们瑟瑟发抖，但我们却丝毫感觉不到冷，眺望着眼前这副令人震撼的、有着鲜艳的色彩的丹霞画卷，我们不得不为天工神斧而惊叹。

张掖丹霞雄伟壮丽，她的美是由峭丽的山峰组成，她的美也美得极其幽静，她就像是一个不食人间烟火喜静的女子，恬静、大方、优雅。

继续向更深处跋去，只见赤壁千仞，峰回路转，一步一景。再转身环顾四周，偌大的群山之间，在我们几个游客的映衬下显得更

加幽静，再配上千奇百怪的怪石，让"幽洞通天"这四个字在此刻显得更加淋漓尽致了，让人不禁想去探索她未知的秘密和那些神奇的、撩人心弦的谜。

这里聚居了一万多人的裕固族，裕固族信仰藏传佛教和原始佛教。早期的时候，裕固族属于典型的游牧民族，住帐篷，穿长袍，食牛羊肉。裕固族人们热情好客，民风质朴，锅庄舞是裕固族人的热情奔放的象征。

五点多的时候，七彩丹霞第四观景区聚集了不少前来观景的人们。听说在五点四十的时候，从这里观景，最美。太阳急急下山的身子，亮了整个山头，人们在寒风里搓着手，笑着、拥抱着。

那天，可真冷。虽然我们的脸被冻得通红，鼻尖也冰凉冰凉的，但这丝毫不影响我们赏景、感受景的心情。

太阳下山时跑得真快，五点半时，太阳还在山顶露着盈盈笑脸，深情地望着我们，五点五十的时候，太阳又成了一个害羞的少女，捂着脸跑掉了。我看着娅，娅的脸红红的，就像刚才那个害羞的少女一样，真好看。

从丹霞到张掖市区返程路上，热情的滴滴师傅推荐我们去尝尝老街的春饼。据说"老街春饼屋"的春饼味道独特，柔嫩爽口，已申请了国家非物质文化遗产。

1月1日，正好是元旦。我们化了淡妆，揣着愉悦的心情出了门。滴滴师傅在楼下接了我们，带我们赶往马蹄寺。继续听师傅讲解，马蹄寺位于肃南裕固族自治县境内祁连山麓之间，是一处庞大的石窟寺院建筑群。在石壁上有从古代至今千年以来凿刻的多个石窟佛像，还有高层的石窟寺院建筑，非常奇幻壮观。这里既有汉传佛教的寺院，又有藏传佛教殿宇，同一地方风格不同，十分独特。寺院里还有天马蹄印、元代壁画、佛像等众多的古迹，非常值得前来参观。马蹄寺现在对外开放的是其北寺，景区面积较大，内部纵深约有三四千米，除了山间遍布开凿的众多佛像洞窟外，主要值得参观的地方还有千佛洞、格萨尔王殿、三十三天佛窟等。

我们首先到的是藏佛殿，在这里能看到颜色鲜艳的藏传佛教建筑和佛像。佛殿高约十几米，是寺内最大的单独佛殿。佛殿两侧的墙壁上，还残留着一些佛像和元代的壁画古迹。可以很明显看出，墙壁两侧的佛身大部分已被破坏。直至今天，我们依稀中还能感触到过往的悲凉和凄苦。

马蹄殿内则供有宗喀巴大师等塑像和十八罗汉，最明显的是马蹄殿地上的马蹄印，传说是天马留下的印记，也是马蹄寺名称的由来。

马蹄殿旁边的三十三天佛洞是马蹄寺最主要的建筑，远远望去，雄伟壮观，走进佛洞，令人感叹。佛洞里光线很暗，一层层向上延伸的台阶狭窄陡峭，我们一层层地往上爬，一座座惟妙惟肖的佛像呈现在眼前。倚在石窟内，透过一个个洞口，我驻足眺望，远处白雪皑皑的祁连山在光和影的结合下，伴着成群的石窟，是另一种独特的风景。

云雾缭绕、银装素裹的峰顶，一望无垠的戈壁滩，天马行空且颇有民俗风情的寺庙以及绚丽多姿的色彩，不管怎么拍，每个角度都是一副靓丽的画，让来的人流连忘返，让没来过的人心生渴望。

时间总是过得很快，它从不会等待。一转眼即将黄昏，我们不

得不下山，赶往回西安的高铁站。

我问师傅，张掖为什么叫张掖？

"张国臂掖，以通西域"。

张掖是一个农业城市，本不发达，它却有着得天独厚的自然奇观、质朴善良的人们；它是古丝绸之路的重镇，是新亚欧大陆桥的要道，是全国第二大内陆河黑河贯穿全境；它历史悠久，文化深厚，誉有"塞上江南""金张掖"的美称。

张掖地势平坦、土壤肥沃，以乌江米最为有名。张掖位于中国第二大内陆河黑河上游，河西走廊腹地，横穿祁连山脉，是国家西部大开发的重点地区之一。

走过那么多城市，看过那么多风景，张掖呀，唯你的素雅和质朴深深地打动了我，我愿你永远是枝头那一抹翠绿，绿了这片荒凉和凄美，绿了树梢，绿了枝干，再绿了深深扎根的那片黄土地。

我愿和你一样，翠绿欲滴，心生欢喜，向光而生。

你是胆小鬼吗?

电影《神秘巨星》是阿米尔·汗继《摔跤吧！爸爸》之后的又一巅峰大作，它讲述的是一个发生在男权社会的故事。14岁的少女尹希娅打破了制度的封建和父亲的桎梏，坚持追求自己的音乐梦想，最终她通过自己的才华和胆识改变了命运，一步步走向成功，成了当时印度最璀璨的巨星。

在电影中，尹希娅在音乐上有着极高的天赋，喜欢唱歌，梦想成为最棒的歌手，想让全世界听到她的声音，但在这个男权社会长期"滋养"着的家里，尹希娅的父亲极力阻挠女儿唱歌，甚至命女儿初中毕业后嫁给一个连面都没有见过的男人。追梦心切的尹希娅在母亲的提议下，只得穿上罩袍，蒙面拍摄自己唱歌的视频，传到了网上。不料，尹希娅凭着天籁歌喉在网上快速蹿红，后来在音乐人夏克提库·马尔的帮助下，尹希娅改写了自己和母亲的命运，实现了梦想。

神秘巨星，谁究竟是神秘巨星呢？尹希娅是，她的母亲更是。

为了能留下孩子，尹希娅的母亲不顾所有人的阻挠偷偷从医院

逃走，瞒着家人生下了尹希娅；为了培养尹希娅的兴趣爱好，在尹希娅六岁的时候，她的母亲偷偷地从她父亲钱包里拿钱给尹希娅购买吉他；为了帮女儿实现梦想，这位伟大的母亲更是卖掉了自己唯一的项链给尹希娅买回电脑。

可见，不管哪个年代，哪个国度，母爱都一样伟大，这点毋庸置疑。在每个有着耀眼光环的孩子背后，母亲才是真正的巨星，最大的巨星。

电影中，尹希娅的母亲过得非常不幸福，她遭受着丈夫一次次的毒打，却也只能一次次道歉，一次次忍气吞声。她无奈，她懦弱，她说："离开了你爸我们吃什么？"就是这个问句，让我沉默了很久。我想，也应该会引起很多人的沉默和感叹吧。

在尹希娅咨询了律师后，想通过法律途径让母亲和父亲离婚时，母亲却崩溃了，"你和你的父亲一样，他从来不曾征求我的同意，你让我与你的父亲离婚，但你为什么不先问问我想不想离婚？"

其实她何尝不想呢，只是她心里有着难言之苦，她不知道离开了丈夫，她该怎样生活下去？她的孩子该怎样活下去，还有没有学上？母亲永远都是母亲，自己过得苦点差点没关系，可不能让孩子没了饭吃，没了学上。

尹希娅的母亲看似胆小、懦弱、无知，但实际上又是那样的坚强、坚韧、果断。

其实啊，尹希娅的母亲对女儿的爱，是我们所有人有目共睹的，尤其是举家迁徙在机场办行李托运时，因为多了一件行李，尹希娅的父亲要求扔掉女儿最爱的吉他。于是，尹希娅的母亲爆发了，她受够了，她彻底地明白了：不能让女儿的一生像她一样，过得毫无尊严。

她不想要这样的生活了，她要女儿去完成自己的梦想。

正如奥普拉曾说过："一个人可以非常清贫、困顿、低微，但是不可以没有梦想。只要梦想存在一天，就可以改变自己的处境。"拥有梦想是每个人的权利，没有谁能够夺走它。一个人如果没有梦想的话，一切都将失去意义。

为了女儿，尹希娅的母亲要为她赢得实现梦想的机会，为女儿争取每一次机遇。当然，也要为自己找回一个女人的尊严，不然她就是个胆小鬼。

在这部巨作里，让我感动的还有少女尹希娅，如果她没有胆识，也没有勇气给发掘她的音乐人夏克提库·马尔打去电话，她没有孤身一人去孟买录音寻梦，她没有遇见人生中的一个又一个贵人，没有坚持她的梦想，她的命运又将会怎样呢？像她的母亲一样，过着被人主宰的生活，没有自由，没有话语权，没有快乐。

尹希娅是一个有着目标和想法的少女，虽然她出生在一个思想腐朽陈旧的家庭，但她依然没有忘记自己的梦想，她要让全世界听到她的声音，她要让全世界知道她多么会唱歌。

在她的坚持、胆识和才华的滋养下，她成功了。

事实再次证明：如果你都不敢做，那么你什么都做不了，你就是个胆小鬼。

让我再次感动的第三个人物是尹希娅的弟弟古杜，弟弟虽年龄尚小，但尤为懂事。在姐姐追梦的路上，弟弟懂事得让人心疼。当电视上播放姐姐的视频时，弟弟为了不让他们的父亲看到，故意弄脏父亲的衣服；为了让姐姐不那么伤心，天真的弟弟以为用胶带就能粘好

明天更好

摔得粉碎的电脑。弟弟古杜就像一个天使，每一个举动都温暖我们。

这部电影值得我们每个人去反思。在印度这个国家，虽然从里到外处处洋溢着鲜艳色彩，但骨子里却是黑白颠倒、难以撼动的男权主义。没有和平和关爱，这种类似的故事在我们的现实生活与工作中也会常常发生，那么，我们也要一味地忍辱、接受现实、迷失自己吗？难道不应该站出来撕破这层黑色的纱吗？

我想，你应该比我更清楚。

如果你什么都不敢做，不敢尝试，不敢提出新问题，不敢挑战自己，不敢追梦，那么，你连胆小鬼还不如！

怕什么，大不了膝盖破了；怕什么，大不了让反感你的人更讨厌你了；怕什么，大不了失败了。但又有什么关系呢？

在我坚持写作的这么多年里，也有过很多人的质疑和讽刺，有人曾说：你写得不好，还好意思写下去，有谁会看呢？也有人说：写作多熬人啊，空了没事看看电影逛逛街多好玩，是零食不好吃还是手机不好玩，非得把自己弄得那么累？更有人说：你看啊，写作的人一般都很穷，不挣钱不说，还没前途。

但我都坚持了下来，因为我知道，这是我的爱好和梦想，和他人无关，和金钱无关。写作对我来说就是一种享受，是一种很放松的状态。

我在每天繁忙的工作之余，像尹希娅一样，利用空闲时间干着自己热爱的事情，也最终实现了一个个梦想。

让我们再回到文章的主题，如果你什么都不敢做，瞻前顾后，那么，你就是个胆小鬼，也可能连胆小鬼都不如。

你想成为哪一种人？

无论多难，你一定得活成自己

　　姚唯唯基本没有正点下过班，整日勤勤恳恳加班到深夜，这不，一晃呀，又到了年关。

　　这天，唯唯起了个大早，精心打扮了一番，临出门还特意喷上了前天刚买回来的迪奥香水，味道淡淡的。"嗯，真好闻。"唯唯自言自语道。在客厅走廊的灯光照射下，唯唯精致的脸颊上掠过一丝浅浅的绯红。那红，衬得唯唯出水芙蓉一般。

　　今天单位召开年会，当然要打扮得漂亮些，这样就能给单位领导们留个好印象。唯唯一边想一边下楼。

　　唯唯所在的这家单位，是一家马来西亚的合资企业。刚来这家企业的时候，这家企业刚刚起步，处处举步维艰。可近两年，这家企业因为唯唯的辛勤付出，业绩就像雨后春笋一样，长势越来越喜人。

　　唯唯毕业于"985"大学，在校时成绩就数一数二，如今做起事来更是雷厉风行。所以唯唯刚来这家企业的时候，就直接被聘用为销售部副经理，为了给各部门做好表率，唯唯经常一个人加班到凌晨，蹬着高跟鞋一家家找客户，一个人在路边吃着泡面流着汗。

贾平凹·毕淑敏 杨焕亭·尚云霜等联袂推荐　明天更好

很多个夜晚，同事们都早已下班，但唯唯还在昏黄的办公灯下收集、汇总、分析和整理同事们上报的数据；很多个后半夜，唯唯一人走在回家的路上，夜的黑让唯唯恐惧到想哭却又哭不出来；很多次没有按时吃饭，唯唯的胃出了问题，常常胃痛。

就这样，唯唯一个人在这个陌生的城市度了一年又一年，昼夜为生计奔波，为生活不得不低头。白天还好点，一到晚上，唯唯便越发觉得自己像一只无家可归的流浪狗，整天穿梭在这个陌生且熟悉的城市里。累了的时候，她只得停下来抱抱自己，继而向前走。这些年，唯唯过得很辛苦，她很想停一会儿，哪怕只能休息一会儿，可她又知道自己不能停，也停不得。远在千里的家里还有个身体羸弱的母亲，她只能靠着自己，她得撑起她们这个一贫如洗的家，因为她就是母亲的天。

常常在深夜，唯唯觉得自己就是另一个"樊胜美"，为了生计，都在咬牙死撑，可即便她再勤奋节俭，支出还是远大于收入，每个月给家里汇去生活费医药费，交完房租后，银行卡里也就所剩无几了。唯唯越想，越觉得心酸，不由得哭出声来。

望着车窗外缤纷的霓虹灯在交错闪耀，唯唯愈发孤独了。

"哎，丫头，到喽。"还没回过神，唯唯便被出租车师傅响亮的声音把她早已飘远的思绪拉了回来。

付完车费，唯唯对着手机屏理了理披着的长发，在有点泛白的脸上硬是挤出一丝笑，调整了状态，大步踏进了酒店。

推开会议室大门，公司领导、同事已来了大半，和领导们打完招呼，唯唯找了个角落坐了下来。虽说唯唯也算个领导，更是上司的得力助手，但她的骨子里，其实只是一个喜静厌争的单纯姑娘。

"唯唯姐，你今天可真美。"同事晓晓不知何时挤到了唯唯边上，笑着的眼睛成了一条缝。

"谢谢晓晓。你今天也很美哦。"唯唯笑着说，清澈的眼眸如同蔚蓝的湖面一般，洒在人群中是那么地璀璨。

"姐，平时看你话不多，你可真厉害，年年都是公司的销售冠军，怎么做到的呀？有什么绝招教教我呗。"晓晓边说边往唯唯边上凑，斜着的眼睛让人感到很不舒服。

"哪有什么绝招呀？我对所有的客户都是一样的哦，找准客户需求，用心去对每个人，就 OK 啦。"唯唯依旧笑着。那笑轻灵脱俗，在一大群浓妆艳抹的脸中间显得更晶莹通透。

"唯唯姐，谢谢你平时对我那么照顾，我不懂的你都会教给我，真的很感谢你啊。那你先坐会儿。我到那边去会儿。"晓晓说完便快快走开了。

"太小气了，谁知道她的业绩是怎么来的？听说她都三十一了，还没男朋友呢。"不远处，传来了晓晓和其他同事的小声嘀咕。

"小点声，别让她听到。平时看她话不多，做业务还真有一手，外表挺清纯，装的吧？听说她今年又是咱们部门的冠军。"另一个同事咧着嘴附和着。

这一切唯唯听得一清二楚，她笑着摇了摇头，轻轻端起装有白开水的杯子，故作镇定地喝了几口，其实心里难受得很。眼泪在眼眶里一直打转，可她不能哭，得忍着。社会和职场的水太深了，纵使她再努力，她都游不上去，她游不动。

年会进行得很顺利，大家玩得也很开心。被各部门领导、同事灌下一杯杯啤酒后，唯唯只觉得胃胀得很，肚皮鼓鼓的，就像涨了

明天更好

潮的海浪一般，在疾风的嘶鸣声中不断翻腾，不断呐喊……

"唯唯姐，我们再喝一个吧。再次感谢你，如果我有得罪姐的地方，还请唯唯姐多多包涵。"晓晓眨巴着那双让人怜惜的大眼睛盯着唯唯，唯唯有些心慌。

"好呀，一起加油，共同进步。"唯唯似乎又忘了在开会前晓晓议论的难听话。可善良的唯唯愿意相信晓晓不是故意的。

去卫生间吐了半天，唯唯的胃终于舒服点了。再也喝不下酒了，唯唯端起了热水去和领导们碰杯。见唯唯实在喝不了了，领导们也不再强求，说了些感谢和赞扬她的官话，唯唯便欢喜极了，"领导对我真好，我的付出是有人看得到的，我一定要在来年加倍努力。"唯唯在心里暗暗告诉自己。

时间过得很快，一转眼便凌晨一刻了。年会也接近了尾声。

"唯唯，你等一下。"在唯唯准备离开的时候，总经理助理叫住了她。

"唯唯啊，你在你们部门这么多年来，表现一直都很优秀，你的业绩年年都是第一啊。你也帮了我很多，我都记着。但，你不能害我啊，你告诉我，为什么要害我？"总经理助理借着酒劲儿抓着唯唯瘦弱的肩膀问道。

"您在说什么？我听得不太懂。我怎么可能会害您呢？"唯唯满脸疑惑，惊讶地看着身旁这位朝夕相处的大哥。

"是这样，晓晓和其他同事反映说，你在总经理面前老提我的不是。你也知道，我平时待你不薄，见你一个女孩子出来打拼不容易，一直以来我也在帮你，可你……，你真是让我太失望了，诬陷我，你应该知道后果。"总经理助理摇了摇头，叹了口气走开了。

唯唯怔怔地站在原地，先前被啤酒麻醉过了头的脑袋瞬间清醒了不少。她在这家企业这么多年，没有说过谁一句坏话，没有做过一件伤害别人的事，更是对每一位同事都热心帮助。晓晓是总经理助理去年安排在她手底下的，由于晓晓是刚毕业实习生，什么都不懂。唯唯便天天加班教晓晓学这学那，一有好吃的就马上带给晓晓。她待晓晓就如亲妹妹一样。可现在，晓晓却……

　　唯唯越想越想哭，她拖着身子出了酒店，踱步在北京深夜两点的街头，环顾着这座待了五年却依旧觉得陌生的城市，唯唯感觉甚冷，她不由得拉紧了呢子大衣，环着双臂抱着自己，顺着这条常走的街，一直朝前走，一直在走……

　　第二天，唯唯没来上班。没有人知道她去了哪里，令人心酸的是，也没有人过问。

　　一年后，我在云南的一座小城里再次见到了唯唯。她依旧美丽动人，三十二岁的脸上堆满了笑，眼睛弯成了月牙，乌黑的长发就像是瀑布泄了下来，散发出淡淡清香。她斜靠在一位英俊的男子肩上，男子满眼柔情地望着她，此时的唯唯，就像一个十八岁的姑娘，水灵灵的，秀气袭人。

　　唯唯见了我，开心地告诉我，"现在的生活就是我想要的模样，我终于可以为自己而活了。在这座小城，我遇见了我的爱人，我们一起经营着客栈，我妈妈也过来帮忙了，我觉得很幸福……"唯唯话还没说完，脸颊上就映出了一道绯红，那红，比远处天边的彩霞还好看。

贾平凹、毕淑敏、杨樱亭、肖云儒等联袂推荐

明天更好

一生太短了，
一定要做有意义的事才值

杨早龙，男，又名杨晓龙，内蒙古呼和浩特 90 后网络公益人，金牛座，喜欢旅行，热爱公益与摄影，援藏支教教师，撰稿人，摄影师，沙发客，内蒙古沙主。

他来自内蒙古呼和浩特市，是一个很普通的大男生，但他又不普通。他走着我们大多数人不敢走的路，做着我们大多数人不敢做的事。他是你见了就会欢喜的男生，他永远都是一副干净明朗的面孔。

以下是我对杨晓龙的采访：

邹佩：您好，请问您大学学的是什么专业？

杨晓龙：体育新闻学。体育方面的新闻学，因为热爱，所以选择了这个专业。

邹佩：您都去过哪些地方？可以具体谈谈吗？

杨晓龙：我在路上认识了不同城市、不同身份、不同年龄的朋友，他们和我有着相同的气息、相似的梦想。我很相信缘分，其实这不是我们相遇，我更相信这是重逢。

我住过很多陌生人的房间，很多民族老乡的家，来是陌生人，离开是朋友。哈萨克族、蒙古族、维吾尔族、纳西族、朝鲜族、摩梭族、藏族、满族、回族、土家族、白族、纳西族、傣族，还有汉族，也在北京、天津、深圳、上海、苏州、成都、西安、乌鲁木齐、珠海、厦门、兰州、保定、威海、大理、腾冲朋友家住过，当然我也会给这些朋友带去不同的礼物：青稞酒、哈达、牛肉干、奶片、奶茶粉、明信片，还有故事。他们都不是陌生人，我的世界没有陌生人。

邹佩：您一般会通过怎样的方式去旅行呢？

杨晓龙：除了飞机、火车、汽车、大巴车、面包车、摩托车、自行车，我还有徒步。

邹佩：您的每一次旅行想必都有着不同的感受和收获，可以谈谈您的感受吗？

杨晓龙：在不同的地方当然会有不同的感受，在有些地方我们只是游客，而在有的地方，我们便是故人。

邹佩：听说您是援藏教师，也是网络公益名人，您做公益的初衷是什么？为什么要去西藏支教呢？

杨晓龙：哈哈，名人谈不上，只因为我想去做，就去做了。因为一部电影，我就特别想去支教。刚开始的时候，我报名申请去支教，因为没有志愿者经历，所以我没有被录取。

后来啊，我就去做志愿者，毕竟在哪里做公益都一样。我参加了敬老院、特殊教育学校、文化、体育比赛新闻中心等等一系列的志愿者活动，后来，我终于有资格去支教了。我想到更需要我的地方去。

邹佩：可以谈谈您为公益都做了哪些事情吗？

杨晓龙：我非常喜欢旅行，除了普通旅行，我更喜欢公益旅行。去一个少有人去的部落农村，寻找需要帮助的贫困小孩子，我曾一

对一资助的学生共 31 人、困难家庭户共 7 户、中小学高中共 28 所、困难山区农村共 11 个近 8000 人。其实呀，我只是一个信息整理者，感恩所有企业、爱心组织、社会各界、感谢所有爱心人士参与每一次活动，感谢他们这些年来对落后农村地区的帮助。

我做过禁毒宣传员，当过艾滋病志愿者，现在我是一名网络志愿者，宣传正能量。

邹佩：您都在什么地方支教过呢？支教让您从中有什么感触？

杨晓龙：四川省凉山州、四川省甘孜州康定县、西藏那曲地区。我从一个不懂事的男孩慢慢地走向成熟。支教其实是一种责任，在支教的同时也是一种自我的进步。这个时代，没有知识是不行的，在最贫穷最偏远的农村，孩子们需要知识走出大山。知识能够改变命运，我想去教他们，用我的知识。我想让孩子们将来都能过得好一点。我苦一点没关系，还年轻嘛。

邹佩：有没有让您最难以忘记和留恋的故事呢？可以讲讲吗？

杨晓龙：援藏支教生活里最后一次的家访让我印象太深刻了。其实到这里做支教志愿者教师，没有任何经济补助，还好我们这个时代好，我在微信朋友圈卖一些简单的土特产，这样一方面可以维持我的日常开销，赚的钱也可以去帮助需要帮助的困难人。

有一天饭后我又来到了格桑德庆家里，她的女儿在读小学一年级，她还有一个小儿子和一个小女儿，因为没有到读书的年龄，所以还在家里。老父亲是村里唯一的村医，今年 66 岁，每月有 1460 元的工资，全家就靠老父亲这点微薄的工资生活，她是一个单亲母亲，丈夫早早地离开了这个贫苦的家庭。

我每次家访都能看见她们吃的只有土豆和青菜，虽然内蒙古能源发电金山热电有限公司设备党支部对他们家进行了帮助，可是他们还是舍不得吃好一些，毕竟生活不容易，需要花钱的地方还很多。

今天我带着我们班小朋友和她一起去牧区商店，购买了一些白面、蔬菜、食品、调料等日常用品。我带着万分不舍要离开这里了，我很伤感，悄悄地留下三百元人民币。我想我还会回来看他们的。

我特别感谢格桑德庆老父亲在我每次感冒生病时给我治病，祝福他们一家健康幸福，扎西德勒。

我会记住他们每个人，还有那一碗酸酸的牛奶。

邹佩：你把我感动得都快掉眼泪啦。他们一定会记得你的，就像你记得他们一样。

杨晓龙：是呀。其实啊，这个社会很简单，人也很简单，比如我们。哈哈。

邹佩：您拍的照片这么有灵气，有没有考虑出一本灵气满满的摄影集呢？

杨晓龙：暂时我没有这个想法。摄影源于我内心的热爱，自己开心就好。没有必要去要一个结果。如果事事都求一个结果，那么就失去最初的意义了。

邹佩：您现在是网络公益名人，为您点赞的人想必很多，但是也会有很多非议，请问您在意别人对您的看法或评论吗？

杨晓龙：我是一个很简单的人，我只想简简单单地做好自己，至于别人怎么说怎么想，我无暇顾及，也完全不介意。

邹佩：您现在已经回到呼市了吧？接下来有什么打算吗？

杨晓龙：是的，这一刻我回到了家乡，只是为了更好地陪伴父母，快过年了，有好几年没有回家过年，以后每一个春节我都会在家中

明天更好

度过，也祝福每一个朋友们新春快乐，万事如意。

年后，我会在呼和浩特找一份安稳的工作，好好工作、生活。

感谢父母还有可爱的姐姐，还有我哥，让我活了一次自己，让我可以记录我简单的青春，在正确的年龄做正确的事情。

邹佩：您理想中的另一半会是什么样子呢？方便透漏下吗？

杨晓龙：就像朋友一样相处就可以啦。她要懂我，我也得懂她。因为懂比爱更重要。这事，还是要看缘分啦。

邹佩：您可以评价下自己吗？您认为自己是一个怎样的男生呢？

杨晓龙：积极、乐观、有主见和想法吧。其实，我是一个很有趣的人，因为我一直都在做有趣的事情。在以后的生活中，我会继续不忘初心，继续前行。这才是我。

专访完这个90后的大男生，我深深地被他折服和感动。他年纪不大，也是个孩子。但，他用超出同龄人的理性、成熟与行动去做着每一件有意义的事情。因为热爱，因为责任，因为担当，他才一直在路上。

他说，人生就是一场修行，我还年轻，还需要不断地修行和学习。

我们的生活其实可以有很多种选择，不一定非得去支教，不一定去做一些惊天动地的大事，但我们的生活不应该只是一潭死水，还有很多事情等着我们去做。去做一些想做的事情，一些有意义的、向着光亮的事。我相信内心再潮湿阴晦的人，都会在心里悄悄地滋养出鲜艳的花朵来。

不信的话，你可以试试。

赠人玫瑰，手有余香。如果你想不一样，那么你应该知道怎么做！

读书能改变什么？

01

3 月 10 日，受朋友新蒂的**邀请**，我有幸参加了西北首家"有书空间"落地仪式暨"蒋勋读唐诗书友会"，活动进行得很顺利，大家的热情就如这阳春三月的风，温和热情。

2016 年，我第一次接触线上读书 APP。初次接触，我便被它那像精灵般的文字、琴声般的旋律所吸引，于是早上起床后、洗漱时、上下班路上，我都会打开音频听书学习，这样既节省了时间，又涨了知识，我感觉幸福极了。

也许这个时候，有人会站出来问，我早已读不进书了，读那么多书有什么用呢？我没读过什么书照样生活得好好的。

那么，读书有用吗？是的，读书没什么用，读完大学还要读硕士、博士，只花钱不赚钱，说不定毕业后赚的钱还不足以养自己。那么，我们为什么还要读书？我们读那么多书用来干什么？

我家邻村有一个伯伯，一辈子很会省钱，算起账来比谁都精明。

莫言·白·毕淑敏·杨焕亭·尚云端等联袂推荐

明天更好

2008 年高考，伯伯的女儿很争气，考上了一所"211"大学，伯伯说什么也不让女儿去读。女儿绝食不吃饭，一哭二闹地央求父亲让她去完成学业。可这个伯伯十分固执，怎么也不同意女儿去读大学。伯伯一口一个读书浪费钱，没什么用，再说，女儿已经高中毕业，学了那么多，够用。

"我去申请助学贷款，反正这个学我一定要上。"女儿执拗地争论。

"你敢，去了打断你的腿。赶紧出去挣钱，你都花了我多少了？"伯伯暴躁地说，眼神里满是不屑，好像受教育是一件多么可笑的事。

女孩的母亲是一个传统的家庭主妇，没有一分钱收入。看着整天把自己关在房间里哭的女儿，再看着这个嗜酒如命、暴跳如雷的男人，妇人只得偷偷抹眼泪。

终于，女孩妥协了。在那个暑假，她收拾好行囊，随着村子里的小姐妹们南下打工去了。

村子里的人们看着孩子渐渐远去的身影，摇着头直惋惜，"多好的孩子，考上了那么好的学校，却上不了，造孽啊。"

2012 年，我大学毕业，听母亲说那个和我一般大的姐姐早已嫁人。对方大她 20 来岁，家里十分贫困，家所在的村子四面环山，她想回来，却再也回不来。

再后来，关于这个姐姐的消息村里的人也很少能打听到了，她的家更穷了。

听完她的故事，我就在想：如果当初这个姐姐生在一个讲理的、重视教育的家庭，有一个好的家庭氛围，或者再坚持坚持，就算没有上大学，也可以利用打工的空闲时间自学，那么她的命运又会怎样呢？是不是也会像我们一样，坐在窗明几净的办公室，又或者再继续追寻着自己的梦想？是不是也会像我们一样，可以读万卷书，行万里路？

如果，这个姐姐读了很多很多的书，她自然会在书中寻到自己将要走的路，也会让自己变得靓丽、富有起来，心自然也会亮堂许多。如果真是这样，那她的家也不至于到现在还是家徒四壁，穷苦潦倒；如果真是这样，她的这辈子也不会就这样毁于封闭落后的大山里，走不出来。

作家李尚龙曾这样写道："当人们觉得教育没意义的时候，也就是这个人病入膏肓的时候。当整个社会都觉得读书没有用的时候，也就是整个社会将陷入混乱的时候。"

如果人人都不受教育，都不去学习本能，都不去读书，那么学校就会萎缩，内心就会萎缩，恶性循环，越来越萎缩。教育的矛盾往往不是没有钱，而是那些可怕的意识。

其实啊，学习是可以不分时间、不分地点的，只要你想学习、想读书，那么在哪里都可以读。学习更是一种最低成本的投资，一本书几十块钱，旧书市场的书更便宜，你完全可以投资起自己。你若行动起来，未来的你一定不一样。你若盛开，清风自来。

宋真宗赵恒在诗中写道："富家不用买良田，书中自有千钟粟；安居不用架高堂，书中自有黄金屋；出门莫恨无人随，书中车马多如簇；娶妻莫恨无良媒，书中自有颜如玉；男儿若遂平生志，六经勤向窗前读。"意思就是：读书考取功名是当时人生的一条绝佳出路，

考取功名后，才能得到想要的一切。

通俗来讲，读书就是接受教育。教育是一个社会走向更强的最直接的途径，它能让人们掌握更多知识技能，多读书，读好书，才能过上幸福的生活。

02

相反，我的表姐就是极好的例子。表姐和我一样，大学学的通信专业，设计院一干就是近十年，早已成了整个公司的核心技术员，待遇更是优渥，公司离不开她。但自从小孩出生后，为了让孩子从小就养成各种好的习惯，表姐在孩子半岁后便向公司申请了停薪留职。

她的教育方法很独特，也很理性。不娇纵、不溺爱。现在孩子两岁，尤为懂事，也十分爱学习。

去年春节，姐夫站在门口的凳子上贴春联，孩子连忙跑过去，奶声奶气地对她爸爸说："爸爸你小心点。"说罢，孩子便用她的小手牢牢地扶着她爸爸脚下的凳子。

姐夫心头一酸，笑着说："谢谢宝贝。"

孩子连忙说："不客气，这是我应该做的，爸爸，我爱你。"

多么乖巧、暖心的小宝贝，这些都离不开姐姐、姐夫平日的辛苦教导。

教育要从娃娃抓起。孩子小的时候，模仿、学习能力极强，所以一定要让孩子从小养成一个好的学习、生活、做人的习惯和意识，而不是一味地溺爱和娇惯。

姐姐的孩子今年才两岁。但每天都会自己读至少六本儿童书籍，一边读一边说："妈妈，我给你讲故事吧。"

每次姐姐给孩子买了新书后，孩子都会特别开心，一遍遍地问姐姐新书叫什么名字，讲什么内容，书里的故事哪个是好人，哪个是坏人，这个小熊的做法是对的，那个小虎说脏话是不对的。

小小的人儿彻底爱上了阅读，爱上了书籍，她没有一点点的骄纵和公主病，有的是一种从内而发的自信与气质。

你说，不读书的孩子又不会怎样，对，不会怎样。但阅读，所说不一定能延长孩子生命的长度，但一定可以拓展孩子生命的宽度和深度。读书的种子一旦在孩子的心里生根、发芽，那就一定会开出清香的花朵来。

大家都知道，《朗读者》的主持人董卿，就是一位饱读诗书、才华横溢并且极其聪明的女人，她总在不断读书与学习，她长得不惊艳，但她的从容、聪明、学识、为人处事，让她活得惊艳，就像山涧里的一股清泉，甘甜、沁心。

女人20岁之前的容貌是天生的，20岁之后就是自己塑造的，成长、经历、环境，都会影响你的姿态和气质。董卿就是这样一个女人，更是一个传奇。她的一举一动、一颦一笑透出来的都是高贵的气质，"腹有诗书气自华"用在她的身上最为合适了。

再次回到文章主题，读书能改变你什么？你自己心里应该有数。

现在的社会是知识的时代，是知识能改变命运的时代。你可以没有学历，但一定不能没有知识，一定不能停止学习和读书。

你走过的路、读过的书将会带给你一生的好运气。

贾平凹·毕淑敏·杨焕宁·尚飞鹏等联袂推荐

明天更好

好好活着 |

每年清明，全国很多地方都会哭泣，今年也不例外。

晨起，我推开阳台上的玻璃门，一下子被眼前这片郁郁葱葱的景象吸引到了。在晨的薄雾中，它们褪去了往日黯淡的外衣，一片片嫩绿的叶子探出头来，树叶被昨夜的雨冲洗得格外通透袭人，似乎轻轻一掐，就能掐出水来。叫不上名儿的雀鸟"叽叽"地叫个不停，像是喝足了春水，雀跃地向人们问好。

看，一切多么美好呀，让人怎么也联想不到死亡带来的恐惧。

"棠梨花映白杨树，尽是死生别离处"，提起清明，总能让人联想到死亡、别离与悲痛。翻开万年历，正巧是 4 月 5 日，阴历二月二十，宜安葬、祭祀、修造，忌搬家、理发、作灶、开光。

果然，清明宜做的事情并不多，宜祭祖，和死亡密切相关。那么我就开始思考，到底什么是死亡？

在生物学上来讲，死亡即指丧失生命，生命终止，停止生存，是生存的反面。哲学上说，死亡是生命（或者事物件）系统所有的本来的维持其存在（存活）属性的丧失且不可逆转的永久性的终止。

对，死亡是生命的终止！

中共中央、国务院近日印发了《"健康中国 2030"规划纲要》，《纲要》指出，到 2030 年，人民身体素质明显增强，2030 年人均预期寿命达到 70 岁，人均健康预期寿命显著提高。那么，我们可以算算，我们还可以活多少年？今天，我们的身体是健康还是亚健康？

如果说死亡我们无法预知和阻挡，只得听天由命，那我们的身体素质是不是可以通过锻炼来加强呢？

现在的社会是一个"饭桌上做生意"的社会，喝酒早已成了谈事情、签合同、拿单最有力也最有效的营销方式。我们很多人打着"不得不""兢兢业业"的旗号，在酒桌上烂醉如泥，场子换了一场又一场，人吐了一地又一地。

现在的社会还是个"百花齐放""百家争鸣"的时代，有的人认为抽烟很酷，整天云里雾里吐青丝，甚至一句话就能把你的好意噎死："饭后一根烟，赛过活神仙。"

现在的社会更是一个"速食"的社会，爱情我要"速食"，婚姻我要"速食"，生活我更要"速食"。不知从什么时候起，人们开始只求速度、讲效率，认识两三天甚至两个月扯结婚证，谈恋爱分了谈谈了分，换伴侣的速度远远超过了身旁路人进出的速度，午餐、晚餐只会叫外卖，懒得下楼，懒得运动，好像动一下就会少块肉。

那么，我想问你，这样亚健康的生活方式能让你健康吗？别说你不怕死，别说你不求长寿。

我讲个故事吧。我的外爷在我还上小学的时候就已经离开了人世，患的是肺癌，也称支气管肺癌。

记忆里的外爷很高，也很帅。在 20 世纪 30 年代，全家人能吃饱喝足就是天大的幸事了，可我们外爷家，永远不缺粮食。外爷既是村子里的村干部，又是某个水电站的会计，很能干，也很热心，村子里谁家有个困难，外爷都会热心地帮助大家。

外爷家门口有棵桑树，每年五六月份，树上便会挂满一个个紫红色的小果子，馋得我隔三岔五地往外爷家跑。外爷尤其爱我，见我来得勤，兴奋地将我托过他的肩膀，他那坚实的臂膀，成了儿时我最安心最快乐的游乐园。

可是有一天，外爷病了。医生说，是肺癌。肺癌的病因至今尚不完全明确，大量资料表明，长期大量吸烟与肺癌的产生有非常密切的关系。是的，外爷很喜欢吸烟。

那段时间，全家人开始四处求医，奔赴各大医院。终于，在做了化疗和切除癌细胞手术后，外爷的病情暂时稳定了下来。我们悬着的心也暂时落了下来。

可是没多久，外爷的病情又出了新状况，之前已经切除的癌细胞扩散了，随着癌细胞的转移，挤走了正常的细胞，破坏了正常器官的功能，导致外爷身体很多器官逐渐衰竭。外爷忍着长期折磨他的疼痛，咬牙落了泪。

曾经力大无穷、英勇无比、帅气和善的七尺男儿，彻底病倒了。

人在快要离开的时候总能够预知。一个夏天，舅舅骑车载着外爷来到我家，外爷一手拉着我，一手拉着弟弟，强忍着不让自己流出泪来。外爷慈爱地对我们说："你们要好好学习，外爷走了，再也来不了了。"

外爷和爷爷是多年的老友，更是亲人。外爷叮嘱完我们，便和我们一起去了爷爷家。终于，他在自己老友面前没忍住，哭了，像个委屈的孩子。他紧紧握着爷爷的手，一字一顿地说："兄弟，你要好好活着，一定要好好的，我先走了。孩子们就交给你了。"说完，他扭过了头，和舅舅离去了。

回去的第三天，外爷走了，听说外爷走的时候很安详，在一个晚上睡着后就再也没有醒来。

是的，外爷这次是真的离开了，他去了一个很遥远的地方，再也回不来。

在外爷走后的那段时间里，我常常做梦梦到外爷，他穿着那件他常穿的枣红色衬衫，蹲在家门前的桐树下，手里夹着土烟，望着天。

时常，我会在梦中惊醒，想起我那亲爱的外爷，就会心生愧疚。当年年纪小，不懂事，没来得及好好爱他，今天想要好好弥补和珍惜，可再也没有机会了。

此时此刻，在这个安静的清晨，我一边写着关于我深爱的外爷，一边回想着儿时有他陪伴的日子，越写越不想写，越写越写不下去。

我想他。

我很想他。

外爷的生命是被肺癌带走的，因此我特意去了解和查询了有关肺癌的一些知识。肺癌是发病率和死亡率增长最快，对人群健康和生命威胁最大的恶性肿瘤之一。近 50 年来许多国家都报道肺癌的发病率和死亡率均明显增高，男性肺癌发病率和死亡率均占所有恶性肿瘤的第一位，女性发病率占第二位，死亡率占第二位。肺癌的病

贾平凹·毕淑敏·杨焕馨·尚石磊等联袂推荐　明天更好

因至今尚不完全明确，大量资料表明，长期大量吸烟与肺癌的发生有非常密切的关系。已有研究证明：长期大量吸烟者患肺癌的概率是不吸烟者的 10 ~ 20 倍，开始吸烟的年龄越小，患肺癌的概率越高。此外，吸烟不仅直接影响本人的身体健康，还会对周围人群的健康产生不良影响，导致被动吸烟者肺癌患病率明显增加。

那么我们回到主题，什么是死亡？想必大家心里已有了数。

既然死亡就是生命的结束，那为何我们不能好好活着，好好爱惜自己？当我们认真地为自己活，珍惜我们的身体和生命时，生命自然不会辜负我们。

那个在午夜送我回家的陌生人

晚上九点三十六分，我从地铁口旁边的超市买了东西出来，天突然下起了暴雨。

站在超市门口的台阶上，豆大般的雨点急促地落了下来。雨下得很急，像是断了线的珠子，一个劲儿地争着往下跳。这雨呀，落在地上的时候，又变成了一个个小水泡，小水泡欢乐地蹦着，闹着，像极了顽皮的孩子。一阵轻风吹来，这密得像帘子的春雨在也舞动了起来，和着路上匆忙行走的人们，它们扭动着纤细的身子，仿佛在为劳累了一天的人们尽兴表演。

可我哪有心欣赏呢，只觉得今晚的夜甚冷，冷得让我有点躁，不禁地拉紧了外衫，心里只盼着这雨能小点，能小一点点就好。

"雨这么大，你去哪儿？我顺路的话可以送你一下。"一个撑着伞拎着饭盒的男生走到我跟前。

"啊，我去锦花小区，顺路吗？"我满怀期待地问。

"可以啊，顺路，我去前面药店接我媳妇下班。"男生说。

"谢谢你，真的太感谢你了，不会太麻烦你吧？"我又小心地问。

　　"没事，顺路。"男生回答。

　　男生很绅士地帮我撑着伞，时不时地提醒我小心路上的积水。我一边道着谢，一边用余光朝左瞥了瞥，我才发现，男生的伞始终是偏向我这一边的，他的肩膀湿了一大片。

　　我忐忑不安，不知该说些什么，只能不停地道谢。

　　"没事儿，举手之劳嘛。你才下班？"男生礼貌地问。

　　"不是，下班后和同事们吃了个饭，刚才又去超市买了点东西，没想到这雨就突然大了起来。"我尴尬地笑着说。

　　我们聊得很投机，便也不觉得时间过得慢了。几分钟后，我们到了小区门口。

　　"你在哪栋楼住？我送你到楼下吧。你看这雨，这么大呢。"男生似乎看出了我的心思，抢先一步说道。

　　"这太麻烦你了，让我怎么好意思呢？"我语无伦次地红着脸说道。

　　雨依旧很大，风也很急，我却觉得自己一下子不冷了，浑身上下暖暖的。那种暖，很奇妙，叫人捉摸不透。

　　很快，我们到了楼下，男生叮嘱我上楼梯注意安全后，便消失在了今晚的风雨中。

　　文学家罗素曾经说过："在一切道德品质之中，善良的本性在世界上是最需要的。"是的，一个人最高尚的品性就是善良，他们总会在别人最需要帮助的时候站出来，伸出双手，哪怕只是

　　轻轻地拉你一把，或者说几句安慰你的话，都能使陷入困境和深渊里的你有勇气走出来，都能让你感受到莫大的温暖。

城市的风很大，雨也很大；城市的路交错复杂，马困人也乏。但是，如果我们每个人都能选择善良、选择真诚与热情，那么我相信，再风急雨骤的城市，也会变得暖意盈盈；再冷酷无情的人们，也会温文尔雅。

就像这位男生在午夜温暖了我一样，虽然至今我也不清楚他的姓，他的名。

我从不认为这世上有绝对的好与坏，善与恶，勿分人事。这个世界上有善良的人也必然会有邪恶的嘴脸；有明亮的笑容也定会有黑暗的一面。一句话分两段，好坏对错各执一半。我不会因为遭遇过黑暗就不相信光明，也不会因为遇到过陷害就不善良。其实，善良是一种选择，更是一种能力。你想要成为什么样的人，完全取决于你自己。

我始终相信，善良的人终究善良，善良的人最可爱，也最好命。

我愿不管什么时候，我们都能保持善良。

贾平凹·毕淑敏·杨绛等·肖云儒等联袂推荐

明天更好

好好说话 |

 一个人会不会说话，会不会说让人舒服的话，往往与智商、情商都没有关系，而是因为这类人不会控制自己的情绪，不会考虑别人的感受。

 一个不会说话的人，一般说出的话都很伤人。他自己一般很难觉察到，可对被伤害的一方来说，就是热嘲冷讽，话中带刺。这种刺，就像爬山虎的脚，尖儿一顺儿朝下，日日在拼命生长，几日不见，便在墙上铺得严严实实，不留一点儿空隙，身边的人更是无法靠近，自己也像是作茧自缚，把自己装进了这个带刺的袋子里，出不去。

 人天生就是具有动物性的，喜欢在一个谈话安全的环境下与人接触交谈。如果一个人的言语常常不太中听，或者只会伤害对方，使得对方心里不舒服，对方在你这里得不到想要的安慰感和舒适感。那么，这样的谈话环境就是不安全的谈话环境，这样的人就称为危险源。久而久之，大家就会对你避而远之。

 所以说，好好说话真的很重要。

 会说话是一个人的第二张名片。第一张名片是衣着和脸，第二张名片就是张口说话。一个会说话的人往往比不会说话的人要活得快活，过得自在。

《增广贤文》里讲道："良言一句三冬暖，恶语伤人六月寒。"说的也是这个理，它告诉我们要学习用"爱语"结善缘。很多时候，一份理解、一句暖言，都能给人莫大的安慰，增添勇气，即使处于寒冷的冬季也能感到温暖。而一句不合时宜的话，就如一把利剑，刺伤人们脆弱的心灵，即使在炎炎六月，也会感到阵阵严寒。

圣经箴言书也有一句这样的话："一句话说得合宜，就如金苹果在银网子里。"形容一句话说得好，不但别人得帮助，自己也非常喜乐。尤其当人忧伤之时，一句良言，便会使忧虑之心转为欢乐。金苹果与银网子是相得益彰之意，事情解决了，人也处于和睦，正是现代人追求的双赢。

但是，我们大多数人身处的朋友圈里不会说话的人太多太多了。有的人甚至认为这才是真性情，真自己，他们心里会这样想："我这人直爽，有啥说啥，不会压在心底，一骨碌地全倒了出来，多好，又没什么坏心眼。"可说者无心，听者有意，如果对方是一个正陷入困境需要安慰的人，那么这个时候，也许你随口的一句"直言"，就很有可能是压死对方的最后一棵稻草。

其实，会说话是一门学问，更是一门艺术。我们在成长的每一个阶段，都应该从各方面给自己做加法减法，尤其是在说话方面。我们要学习好这门学问，并且要不断学习。

很多时候，我也曾讨厌自己不太会说话，尤其是和最亲近的人相处时，我会向他们大声说话，发脾气，甚至会不经思考地说出一

些伤人自尊的话。但不管我说了什么，做了什么，他们都会原谅，选择忘记。他们宁愿把所有的委屈和苦楚咽下去，继续替我负重前行，依然爱我。

所以，那些曾经发生在我身上的事情，也很有可能发生在你身上过。

你随口的一句"你管我干吗，你烦不烦啊"，也许会让那些最爱你的人偷偷抹上好几天的眼泪，因为委屈，因为养了个白眼狼；

你不经意的一句玩笑话"你都这么胖了，你还吃啊"，就有可能伤了他们敏感的自尊心，在外人面前，他们可能再也不敢抬起头来，因为自卑；

你毫无察觉的一句"你看人家隔壁老王，一个月挣好几万，你再看看你，跟你过真是个错误"。当你说出这句话的时候，他们一定心如刀绞，那个平日看起来坚强伟岸的男人，也会在无形中被你摧毁，因为你的羞辱。

想必在你的身边，包括在你的身上，也正发生着类似的事情。但是，我相信，你一定也想有个和睦幸福的家庭：父母慈祥恩爱康健，爱人温柔体贴懂你，孩子乖巧可爱聪明，那么你就一定要从自我做起，从现在做起，学会说话，学会说让人舒服的好话。

这里的好话不是大话，不是虚话，不是不切实际的假话，更不是阿谀奉承、偷奸耍滑、招摇骗市的浑账话。

要记住，话到嘴边留三分，真的不是没有道理。

当你做好这门学问的时候，你一定比现在幸福。不信的话，不妨试试。

我在一透曦光里，收集幸运给你

清晨，六点刚过，北方的天便微亮起来，透过窗子挤进来的那一股曦光，让我陷入了沉思。

望着窗外正施工的建筑工人们，突然一下，心开始泛疼。那些整日整夜在自己平凡岗位上默默劳作的人们，是他们唤醒了太阳，安抚了月亮，他们是城市的建造者，更是见证了"荒芜城市拔地起"的伟大改革。他们是最平凡的，却又是最不平凡的。你看呀，在早晨晨晖的映照下，他们多么闪亮呀。

六点一刻，楼下的、街道的清洁工们也在这晨的柔情里赶了个早儿。当多数人还一眼惺忪、似梦非梦时，他们早已把这个城市清扫了一遍。不信，你看，街角那争先恐后盛开的蔷薇花多么愉悦欢快；不信，你听，街道两旁的古树上雀鸟的啼叫是多么清脆悦耳；不信，你闻，这座古老又年轻的西安城多么芬芳馥郁。

他们是生活在这个城市最底层却最努力的人，他们也是城市的改造者、美容师，他们更是这个时代最不可缺的一部分。他们，是最伟大的父亲、丈夫和儿子，也是最美丽的母亲、妻子和女儿。

明天更好

还有门口早已摆放好的早点小摊儿，匆忙行走上班的人们，周六一大早背着书包去辅导班、培训班的大小朋友们，他们都是这个城市的奉献者、贡献者和主人。

他们为了生计，为了梦想，为了父母、子女，也为了这个崭新的城市，他们开始着一日复一日的奔波与劳作，学习着一项项适于生存的技能和本领。他们是黑夜里的一道光，照亮了自己，也照亮了别人回家的路；他们是清晨五六点钟的熹光，行走在比子夜还要漆黑的路上，一路寻找方向；他们是午后日暮西垂的余晖，像老去的年轮，一道道把岁月之光刻在心上。

他们是这座城市最普通的一分子，却又十分不普通。城市的建设、发展、富强离不开祖国，更离不开他们。

我生在北方的这座小城，凉皮、肉夹馍、羊肉泡馍、锅盔、饸饹、臊子面、裤带面、蘸水面、梆梆面、旗花面、驴蹄子面、汇通面、酸汤面、油糕、甑糕、油酥饼把我喂养长大。感谢这座城市，感谢那些普通却又伟大的创造者、制造者和给予者，感谢我最亲近的家人，感谢有些陌生也有些熟悉的你。

我在这片土地上生长，也在这片土地上被风雨打得无地自容过。在夜的柔乡里，我辗转反侧过；也是在夜的柔乡里，我酣然入睡着。

全是因为你，憎你也爱你。

走过铜墙铁壁却也伤痕累累的古城墙，这座具有 1400 多年历史和故事的巨龙，远看近看都彰显着大唐的繁荣伟宏。这座城市古老也时尚，一直跟随着祖国的脚步走在时代的前沿。它虽千疮百孔，却朴实勤劳、真诚善良，在夜晚、也在清晨，格外诱人、妖娆。

噢，一不留神，已九点过，窗外的建筑工人依然在自己的岗位上忙碌。透过曦光，我看到了他们满是灰尘的脸，旧的衣服，破的胶鞋，还有那双清澈澄亮的双眼。

依旧在这个清晨，我驻在窗边，在一透曦光里，收集幸运给你，给我。

如果你也来过这儿，
一定也会爱上它

2018 年 3 月 28 日，凌晨一刻，我和表姐丹妮抵达丽江三义机场。表姐比我大一岁，我习惯称她为丹妮。

拖着笨重的行李，我们打车到达丽江古城和府洲际酒店门口，已近深夜两点。

天空淅淅沥沥地下起了雨，像是在为我们接风洗尘。沿着小巷，我们朝里一直走。古青色的石板街在这理应喧闹的夜里尤为安静。夜很黑，路上行走的人很少，我欢了起来，丹妮雀跃着。虽然很晚了，但我们一点也不觉得累。

八一街与七一街十字路口，邹哥早已在等候我们。随着邹哥一起回到他的工作室"木巷影坊"，邹哥带我们参观起了他的院子。院子不大，两层楼，门是木的，楼梯是木的，房子也是木的，由主房、厢房与壁围成的三合院。邹哥告诉我们，这就叫作"三坊一照壁"。古城的房子很有特点，民居类型分为"三坊一照壁"和"四合五天井"，他建议我们第二天去去木府、五凤楼和束河民居建筑群看看。

邹哥人很好，带我们简单参观和介绍完之后，便送我们去了卧室，并叮嘱我们早点洗漱休息。洗手间在楼下。

"你们带洗漱用品没？"邹哥问。

"没有啊，毛巾、牙刷都没有带。"我俏皮地说。

"这丫头，等着，我去买。"邹哥说罢，便出了门。

很快，邹哥提着一大袋子的毛巾、牙刷、水和零食回来了，一边递给我一边说："快去洗漱吧，早点休息，这么晚了。"说完一转身便坐在窗子边上的电脑旁，修起图来。对了，邹哥是摄影师。

我们洗漱完毕，关好了门和灯。我和丹妮面对面睡着，不说话。

夜很安静，窗外昏黄的路灯透过雕着花的木窗子打了进来，零零碎碎地洒在白色的被子上。顿时，白色的被子就像是被印上了一个个淡黄色的小碎花儿，在古城的夜里，显得更加清新雅致。我在脑子里一边计划着第二日的行程，一边看着身旁轻轻打鼾的丹妮，她秀气白净的脸上挂着一丝浅浅的笑，在不小心溜进屋的点点斑驳映照下，好看极了。

我看得入迷，不知在几时几刻，才迷迷糊糊睡着。

第二天七点刚过，丹妮就捏着我的脸叫我起床。美美地化了个淡妆，我们便出了门。"木巷影坊"的门扉上挂了一只小巧精致的同心锁。我们小心翼翼地锁好了门，把昨天邹哥给的钥匙放进了背包的最里夹层，生怕弄丢。一束阳光从斜着的屋檐上打了下来，不偏不倚地落在了这金色的锁子上。顷刻间，锁子闪耀起来，金灿灿的好看极了。有点刺眼的时候，我抬了抬头，挤了挤眼睛，本想避过这锃亮的光，却又瞥到旁边还有一条更澄碧的小河，河水很清，也很浅，清得可以看见河底石子儿的细纹。河两旁靠墙的拐角，爬

明天更好

满了粉嫩的蔷薇花，花开得正艳，一簇簇地挤在一起，像个娇羞柔美的少女，羞涩地笑着。

我更着迷了，久久不愿走开。

我们在有着丝丝薄雾的清晨一边赏玩，一边驻足。路过"风情美食城"时，里面飘出了各种甜甜的味儿：有菠萝味，饵丝味，烧烤味，海鲜味，油炸味，也有香香的葱油饼味。都是我喜欢的味道，我欢喜极了。

吃完早餐，我们顺着七一街一直走，时而驻足欣赏古城房屋建筑的风情万种，时而上前研究大大小小铺子门檐上的雕花。那是一种自在洒脱的慢姿态。这种慢，足以让我开心半晌。

丽江以纳西族为主，所以房屋建筑都具有民族特色。大门一般为6扇，白天开门做生意时便全拆下来，到了凌晨闭门后，再一扇一扇地装上去。

不知不觉我们来到了四方街，四方街位于丽江古城的核心位置，是丽江古城的代表，也处在古城的中心地带。因为起得太早，很多店铺还没开门营业，我们只得沿着四方街往出走。

古城里面的巷子很多，从四方街四角延伸能够延伸出四大主街：光义街、七一街、五一街，新华街，又从四大主街岔出众多街巷，错综复杂，如蛛网交错，沿着主街逐层外延。

途经大水车时，我们看到了出口，便拦了辆前往拉市海的的士。

的士司机很热心，主动为我们讲解关于丽江、关于拉市海的历史及自然景观。

拉市海位于丽江城西面10公里处的拉市坝中部，是云南省第一个以"湿地"命名的自然保护区。"拉市"为古纳西语译名，"拉"为荒坝，"市"为新，意为新的荒坝。

拉市海最早的时候是个海，就在玉龙雪山脚下。燕山运动的时候它隆起了，成了陆地。随着横断山脉的发展，玉龙雪山下又分割成三个相对高差在100米至200米的盆地，就是拉市坝、丽江坝、七河坝。拉市坝是其中最高的坝子，坝中至今仍有一片水域，丽江是内陆地区，面积稍大的湖便称之为海，这就是拉市海。

"拉市海不远，很漂亮，那边最著名的就是茶马古道。茶马古道，就和你们西安的丝绸之路是一样的，只不过呀，你们是运输丝绸到国外，我们是运输贸易茶。"的士师傅很热情，滔滔不绝地讲解着，好像要把他知道的所有一切一股脑儿全倒出来才痛快。

大约半小时之久，我们到了拉市海景区。买完套票，我和丹妮一人骑了一匹马，由马帮的伙计牵头，我们幽幽地进了原始森林，走上了茶马古道。森林里的树很密，路很陡。开始的时候，我们有点怕，毕竟生平第一次独自骑长达一个小时的马进山。

丹妮胆子小，我们就让她在中间，马夫在前面牵头，我在后面保护。慢慢地，后面成队的马儿们赶了上来，渐渐地，我们也不怕了，你一句我一句地唱了起来：

给我一片绿草

绵延向远方

给我一只雄鹰

一个威武的汉子

给我一个套马杆

赛罕巴·毕淑敏·杨焕亭·尚云儒等联袂推荐　明天更好

攥在他手上

给我一片白云

一朵洁白的想象

给我一阵清风

吹开百花香

给我一次邂逅

在青青的牧场

给我一个眼神

热辣滚烫

套马的汉子你威武雄壮

飞驰的骏马像疾风一样

一望无际的原野随你去流浪

你的心海和大地一样宽广

套马的汉子你在我心上

我愿融化在你宽阔的胸膛

一望无际的原野随你去流浪

所有的日子像你一样晴朗

　　歌声拉近了我们这群来自天南海北朋友的距离，我们唱着、欢呼着，树林里也久久回荡着我们的歌声，对面山头的陌生朋友在大声回应着我们。

　　走完茶马古道，我们又去了拉市海湿地。还未走近，眼前这片如诗如画的景色早已吸引了我们。海水很蓝，海面很静，如镜的湖面上倒映着巍峨的玉龙雪山，水鸟与白鹭齐飞，翠绿的树木斜倒着影在碧蓝的水面上，一切都是那么的宁静，沁美。

　　走近后，我们更是被这迷人的画卷深深震撼了。放眼望去，远处蜿蜒连绵的山脉，天空中的朵朵白云，还有被我们这些不速之客惊飞的白鹭；湖水远处一排排火一样的红树林，清清湖水中随着水浪起伏的水草，都在风的吹拂下相竞生长。好一个宁静的天堂，好一副美丽画卷。我突然不忍心去打破这片宁静，更不愿意去惊动那些在水中怡然自得正在玩耍的候鸟。

我们轻轻地走过长廊，悄悄地按下快门拍照。我想留下这一卷卷隽美的山水画在心头，生怕遗漏掉大自然给予的这份感动与温柔。

这种岁月静好的美简单纯粹，低调朴实，更不失唯美，就像低头私语迈步上山的马儿，一路稳稳地载着你，让山风亲吻你，让马蹄儿和马铃的节奏拥抱你。

我们坐在船头，船长是位80多岁的纳西族老人。他身体很硬朗，一边划着船，一边唱着纳西族的民歌。

他很风趣地讲道："我们这边把姑娘叫胖金花，汉子叫胖金哥。你们也可以叫我老金哥，我年轻的时候啊，帅着呢，现在老啦。"说完又给大伙儿唱起了民歌。

当我们从船舱里走出来时，天更蓝了，水更静了，人们脸上的笑更浓了。

云南，真的是一个来了一次还想来第二次、第三次的地方，去年来的时候，我便爱上了这里，今年，我更爱这里了。

如果你也来过这儿，一定会和我一样，躺在开满格桑花的湖边，沉浸在蓝天白云翠山的拥抱里，在花朵间细语，在轻风下嬉笑……

如果你也来过这儿，一定也会爱上它。

贾平凹 毕淑敏 杨焯亭 吕云儒等联袂推荐

明天更好

那些越过越好的人生，
都是因为多熬了这几步

01

去年夏天，我发觉身体大不如从前，便下定决心去健身房跑步健身。为了让自己能坚持下去，我拉上了一起合租的室友毛毛姐。办卡前，我们一起逛天猫，一起买运动衣和跑鞋，然后兴冲冲地去办了卡。

接下来的几天，我们一下班就回家换衣服再直奔健身房。在坚持了几天后，不是天下雨了就是太热了，我们开始为自己找起了各种不想去的借口：今天她有事，去不了了；明天我姨妈来看我，更去不了。就这样，一周下来，我们只去了几次。

第二周的时候，我们又开始以健身房离住的地方太远为由，又开始找起了理由。结果第三周以后，我俩再也没有去过，直至健身卡过期。

前段时间，我又起了兴，在住的附近办了张健身卡。看多了年纪轻轻却因不运动、生活没有规律、体检十几项不合格、有的还患了无法治愈的病症之后，我终于意识到健康和养生的重要性。这不，又去办了张健身卡，再次暗暗告诫自己：这次，无论怎样，你都要坚持。

办完卡之后的几天，每天六点多下班后，吃完晚饭换完衣服我便去健身房跑步。我对自己的要求是：每天跑 30—40 分钟，其他借用器械的辅助动作 20 分钟，每天一小时即可。

最初的时候，跑一会儿我就会感觉到身体疲惫。自认为半小时我都无法跑完，再跑的话我会累着，甚至晕倒。这次好不容易建立起来的决心又开始动摇了。我嘲笑起了自己。

看着身旁的人跑步机上显示的长时间，顷刻间，发觉别人都超厉害。我又沮丧起来：为什么别人都能坚持我就不能呢？我为什么不能呢？我质问自己。

教练看出了我的困惑，便过来告诉我："你再坚持坚持，我看你状态还是不错的，你看到别人都是四十分钟甚至一小时的在跑步，但他们也都是这样一二十分钟坚持下来的。他们不累吗？他们腿不酸吗？不，他们也很累，但是他们告诉自己不能放弃。"

于是，我又开始给自己打气，我要戒掉心理和生理上的惰性。咬了咬牙，再次按下了开始键，跑到十分钟到十五分钟就已经满头大汗的我用手擦了擦汗，继续跑，我不再减速，不再改为快走。我突然发现，当我跑到二十分钟的时候我并没有累得上气不接下气，也没有晕倒。我一点一点地强迫自己延长时间，虽然到现在我还没有完全能够坚持半小时。但至少战胜了自己，从刚开始的懒于运动，怕运动，到现在的我已经爱上了跑步。

跑步时，我一边跑，一边看着镜子里抬头挺胸的自己，一边听着历史、诗词和美文。我越来越享受晚上跑步的这一个小时，我也感谢自己的每一次坚持。

跑步带给我的改变不仅是身体上的，更是提升自信和合理利用碎片化时间的最好方法；跑步改变的还有我的生活，让我在生活与工作中遇到困难后仍能够迎风前进，而不是知难而退。

02

2017 年年底，我在的北方极其寒冷，风萧萧、雪茫茫。雪没日没夜地下着，地面上也结了层厚厚的冰。这种天气，出门买个菜都有被滑倒的可能。

但我为了赶在过年拿到驾照，于是，每天下班后打车从西安去咸阳练车，周末也从不休息。

记得一次周末，屋外的雪下了一尺厚，我望着窗外漫天飞舞的鹅毛大雪，实在下不了决心奔赴咸阳练车，这么大的雪，这么冷的天，还要去另一个城市练车，越想越觉得憋屈，眼泪也不由自主地流了下来。

朋友见我这般委屈，便劝我说："要不你给教练说一声，今天就不去了。雪这么大也不安全。"

"我该怎么说呢？毕竟是自己学技能，我去不去对教练并没有什么影响。可是，我不去练车怎么考得过呢？"我把眼泪硬生生地憋了回去，穿好羽绒服围上围巾出了门。

雪越下越大，风越吹越烈，厚厚的雪遮住了许多交叉路口的标识，也让出租车师傅在大雪中迷失了方向走错了路，最后我们利用各种导航才到达驾校，也比原来预定到达时间晚了两小时。

远远地，我看到教练的车形只影单地停在那里，教练倚在车旁，裹着衣服四处寻我。

瞬间，我的眼角再一次湿润了，教练近50岁的人了，为了指导我多练一会儿车，为了他的学生第二天考试能顺利通过，他在雪地里整整等了三个多小时。他不冷吗？

羞愧之心顿时涌上心头，我向教练解释了为什么迟到后，教练并没有责备，只是催促我赶快上车，车外冷，别感冒。

那天练车很顺畅，每个环节基本上都把控得比较好，我们在科三的考场上练了一圈又一圈，从上车准备、灯光模拟考试、直线行驶、加减挡位操作、变更车道、靠边停车、直行通过路口、路口转弯、会车、超车、掉头等我都能熟练操作。我看到教练笑了，我也更胸有成竹了。

第二天的考试很顺利，轻松通过。就这样，在我每天不断鼓励自己克服惰性之后，我在2017年阴历年的腊月二十八那天，拿到了驾照。我花了不到一个月的时间，考完了科二、科三、科四。

后来每次说起这件事，我都觉得骄傲。想起我冒着大雪去练车的时候，爸妈心疼我，怕我受冻，他们让我别去练了，等天暖和了再去。但我还是按着自己的计划，在每天下班后坚持去咸阳练车，我妈疼惜地责怪我对自己太狠。

可是，年轻时不多吃点苦，不对自己狠点，怎么配得上过更好的人生呢？好的人生都是这样，是用坚持、努力和汗水熬出来的。

虽然，并不是你努力就有回报，很多时候，前期你所得到的回报都是微乎其微的，但当你你熬过了那个临界点，你就一定会看到希望。

有时，我们总是感叹于明明与自己是同一起跑线的人，为何可以跑赢自己那么多。其实，只是因为人家比我们多熬了那么一步。没有在自己最难的时候选择放弃，等到他渐入佳境或者冲刺的时候，我们已经很难追上了。

03

非洲草原上生长着一种草，名叫尖毛草，是非洲大地上生长的最高的毛草之一，有"草地之王"的美称，但它的生长过程十分怪异。在最初的半年里，它几乎是草原上最矮的草，只有一寸高，人们甚至看不出它在生长，那段时间，草原上的任何一种野草，长得都要比它旺盛，但在半年后，在雨水到来之际，尖毛草就像是被施了魔法一样，以每天一尺半的速度向上疯长，三五天的时间，它便会长到一米六至两米的高度。

其实尖毛草一直都在生长，在前半年，它无声无息地在努力汲取土壤里的养分，它不是长身体，而是在长根部。在长达六个月的时间里，尖毛草的根部长达28米，它无声无息地在为自己的将来做准备、打基础，随时准备厚积薄发。

这让我想起了物理上有名的"飞轮效应"，一开始你必须使出很大的力气，一圈一圈反复地推，才能使得飞轮转起来。每转一圈都很费力，但是每一圈的努力都不会白费，当它达到一个很高的临界点后，飞轮就会转动得越来越快甚至不再需要外力的协助。

把这一原理运用到我们的生活中，它就是在告诫我们：人在进入某一新的或陌生的领域的时候，都会经历这一过程。如果要让飞轮转起来不花太大力气，条件是要有足够的坚持，这也意味着得用足够的时间来保证。"飞轮效应"让我们看到，只要我们坚持不懈地推动事业的飞轮，终有一天，它会自己飞快地旋转起来，而无需费多大力气。

不要再羡慕人家有着完美的身材，高薪的工作，那些看起来光鲜亮丽的成功人士，也曾有过一段难熬的记忆史。他们曾经也可能吃不起饭，天天风吹雨晒地拼着命，他们曾经也可能想过要放弃，但最后，他们都坚持了下来，熬了过来，他们的人生也越来越好。

只要你方向对了，用力打好根基，终有一天，你必将繁花盛开。

贾平凹·毕淑敏·杨绛等·白云深处读书推荐　明天更好

我认识的最了不起的女人 |

01

从小就患有艾斯伯格综合征（轻度自闭症）的小男孩修直是一个不安分、特别皮又特别孤僻的小孩，他的多动、自闭永远和同学格格不入。在幼儿园期间，他把门卫大爷的伞弄散架、打碎了园长的眼镜，害怕了就躲在在柜子里让所有人找不到，这让母亲田桂芳操碎了心。

为了让儿子修直能多多接触其他小朋友，能像一个正常的小朋友一样去成长，单亲妈妈田桂芳苦苦乞求园长不要开除她的儿子，她愿意在儿子所在的幼儿园做保洁，并不要一分工钱，园长最终被这伟大的母爱所打动，就这样田桂芳做起了儿子的全职保姆和幼儿园保洁大妈。

修直是个数学天才，田桂芳却是数学文盲。这个被称为"遥远星球的孩子"修直知道求证祖冲之圆周率不可能用分割法，知道蚂蚁天生是计算家，有独特的认路方法，人要靠记忆才能认路，但无论修直躲在那里，田桂芳都可以找到他。

田桂芳是修直的"天"，她阻止了很多事情的发生。她是修直的镜子，照得见修直。没有人知道田桂芳在无数个夜里和措手不及的白天是多么不容易。她隐忍，坚强，有耐心，日复一日的教导和陪伴着她的小修直，直至修直17岁出国。

这是电影《我的影子在奔跑》的主要剧情，修直和妈妈田桂芳的经历不啻就是两个不同星球的人心灵撞击的动人故事。这是一部献给母亲的爱子圣经。

前天晚上看这部电影的时候，我被惹哭了好几次。一个伟大的妈妈在何时何地何种情况下，都不会放弃自己的孩子，哪怕自己的孩子生了很重的病，做了很多的恶。她们都不会放弃，她们总会用自己的方式爱着孩子、引导着孩子。

在她们的心里，孩子永远是天使，是上天赐予的最珍贵的礼物。

02

我的妈妈也是这样一个人。她平凡普通，但她又不普通。

我上小学的时候，学校布置的作业总是很多，每天晚上我都要写到很晚才能完成。每次过了十一点，我妈就让我停笔睡觉。有一次，晚上很晚了，我的作业还未写完，我妈见我又是抹眼泪又是哼哼唧唧不愿意写，她便命我先去睡觉，她帮我抄写剩余的部分。

我问我妈："别人家的妈妈从来都不帮孩子写作业，他们写不完都不准睡觉的，你怎么还帮我写作业呢？"

我妈说了这辈子我都不会忘记的一句话："你是我身上掉下的一块肉，是我的孩子，没有什么事情比你的健康更重要。妈妈帮你写

作业其实是想告诉你，如果你放学时不贪玩，是不是很早就可以写完？学习是给你学知识，妈妈学到了是妈妈的，不是你的。"

从那以后，我放学回家后第一件事就是写作业，因为我妈告诉我学习是给自己学的，只会进自己的脑袋。

前年"母亲节"，我给我妈买了条金项链，拿回家送给我妈时，我妈直说好看，说完后便开始责怪我，说我乱花钱，说我挣钱不容易，说她上了年纪戴着不好看，让我退掉。

我当然没有退，我妈也没舍得戴。

后来再回家，我妈把这条项链又塞给了我，让我戴着。我妈说："你年轻，戴着好看，妈老了，戴着不好看。"

我给我妈买过很多礼物和衣服，但每次买回去都会被我妈责备。我妈会试穿着我新买给她的碎花裙子，一边问是不是很贵，一边在镜子前看来看去问我好不好看。

我给家里买过很多东西，每次买的时候都只挑贵的，因为我只想把最好的爱给予我的家人，但每次都会被我妈责怪乱花钱。

后来回家，我直接给我妈现金，哪怕只有几百块。我希望一个人在家的妈妈能够吃得好一点，穿得美一点，在邻居朋友面前可以骄傲地说："我女儿又给我买什么什么了，我女儿又怎么关心我来着。"

03

去年六月，我为我的散文集《青春是一场没有终点的行走》甄选封面的时候，我将设计师发来的九种立体图全发给了我妈，想让我妈帮我参考一下。隔了大半天，我妈才回复我，说某一个最适合我的青春。

有一次回家，我拿我妈的手机查阅资料，突然发现我妈把这九种设计图和之前我写的很多篇文章链接都转发到了多个亲友群。此外，我妈还骄傲地附了一句：这是我女儿写的书和文章，大家多多支持。

我问我妈："你为什么要选那个我走路的封面图？"

"我拿着这些图问了好多人呢，他们都觉得这个好看。"我妈笑着说。

一霎时，我又想起了那天我回家和村子里的大妈大婶们打招呼的时候，大妈大婶们一个劲儿地追问我新书什么时候出来，写的是什么内容。在我转身离开时，我又听到身后的大婶们还在讨论我：你看佩佩越长越漂亮了，读得书也多，听说娃用功得很呢，写了不少好文章。

听完这些呀，我心里喜滋滋的，但立马又告诉自己：不能骄傲，要继续谦虚学习，努力成为更闪耀的那道光，照亮自己，也照亮更多人前行的路。

其实我知道，我一直是我妈的骄傲，小时候是，现在也是。在外人看来，我有着一份薪资待遇看起来还不错的工作，能力强，文章写得也不赖，爱学习，爱旅游，人缘好，朋友多。于是呀，这些都成了我妈用来炫耀她女儿的资本。

在我妈眼里，她的宝贝女儿是最优秀的，即使我做错了什么，我妈始终是偏向于我。我妈的朋友圈全是我的文章，我妈的微信背景墙是我，我妈在街坊邻居面前常夸的也是我。

我妈每天都盼望着周六早点到来，这样也许我就能回家看看，

吃一口她做的热菜热饭，再聊聊最近的生活好不好，工作累不累。可我总是让她失望，从原来的两周回家一次拖延到现在的一个月回家一次。我顿时自责起来。

妈妈，是我的不懂事总让你痛心，是我的自私总惹你伤心，是我的不成熟总让你担心。对不起，真的对不起，我不是一个好女儿。

小的时候，我不听话；稍微长大后，我叛逆；再后来，我会跟你吵。

小时候不好好吃饭，贪玩不好好写作业跟你故意撒娇；中学时，我不好好学习，逃课上网跟你吵闹；再长大后，我因为工作压力大、跟男朋友吵架跟你用了很不好的语气讲话，即使这样，你从来都不会生气，只会安慰我，在我痛哭流泪的时候会抱抱我。

我妈的一生都在奉献，把青春的年华、娇嫩的面庞和身体都献给了时间，让自己年轻的样子延续在了她的孩子身上，不管孩子优秀或平庸，健康或疾病，都成了她最骄傲最心疼最牵挂的那个人。

查尔斯·卓别林说："对我而言，我的母亲似乎是我认识的最了不起的女人……我遇见太多太多的世人，可是从未遇上像我母亲那般优雅的女人。如果我有所成就的话，这要归功于她。"

是的，我妈就是我认识的最了不起的女人，她把一切最好的东西都给了我，她是我的天，是我弟的天，是我爸的天，是我们家的天。只要有她在，我们的生活里就没有阴天，只要有她在，我们过的每一天都是大晴天。

妈妈，谢谢你让我成为你的孩子，下辈子，你来做我的孩子好不好，让我来照顾你。

我爱你。

工资 1800 块的办公室文员
是怎么成为青年作家、励志讲师的?

　　2013 年 3 月,我来到了现在就职的国有企业通信单位,因为专业对口,因为同事和睦,因为单位如家,我这一干就是六年。岗位发生着变化,工资也从最初的 1800 块涨了许多。

　　和西安这座新一线城市的平均薪资水平相比,我每个月拿到手的薪资看起来好像还不错。在外人眼里,我在一家很不错的单位上班,有着不错的职位和待遇,我应该就此规规矩矩、安安分分,上班时上班,下班时下班,别乱折腾。可是,我那不安分的心告诉我:我不应该就此满足,我要的生活不只是穿衣吃饭,我还要梦想,我还要远方。

　　于是,我开始思考和规划我的生活。每周、每月、每季度、近两年,我要做什么,我要怎么做,我要达到一个怎样的高度,我要怎样延伸我的深度、拓展我的宽度,我要怎样度过这说长不长说短不短的一生。

　　2014 年 3 月,我报考了 2014 年专升本考试,在考试前的那两个月里,每天晚上我都会在昏黄的的灯光下复习高等数学,背英语单词和思想政治。由于专科已经毕业了一年,线性代数、概率论、各

类函数早已忘记，这下就不得不再次拿起课本学习。

关于专升本入学考试的这三门课程，我没有买任何复习资料，我翻出大学时期所有跟这三门课程相关的书籍，很庆幸2012年毕业的时候我没有丢掉它们，没有丢弃这些我最珍贵的书籍。它们跟着我从广元去了成都，从成都辗转到了西安，从西安再到咸阳，再到西安。在我复习的过程中，我一遍遍背着英语单词、短语、句子；我一本书一本书地练习着各种函数、画着各种函数图，我当时住的出租屋离我三爸的广告公司很近，一有空，我就去我三爸那里借来他订阅的最新时事新闻报纸。

那两个月，我发了疯地学习，每天晚睡早起。我租的两居室是市委党校的员工福利房，是一个环境优美、特别安静的小区。尤其是夜晚的时候，窗外的月光透过玻璃窗子洒了进来，照亮着我的书桌，也照亮着我想走的路。那一刻，屋里屋外特别安静，只有我翻书和做题与纸间摩擦的沙沙声，一不留神，就到了后半夜。

3月份考完试后，我开始预估成绩填志愿，我只填了两个学校一个专业，第一个学校就是西安电子科技大学的通信工程专业。因为，西电的通信专业全国排名第三。

接下来的近三年里基本每周或隔一周我们就要去学校写作业、考试，周内抽空上网学习。终于，功夫不负有心人，2016年7月，我在20门专业课程的考试中，以平均成绩92.5的高分及优秀的毕业论文顺利毕业，并拿到了学位证（专业课平分90分以上，毕业论文答辩85分以上，才有资格获取学位证）。

在专升本期间，我工作日要工作，非工作日要学专业课，就只能晚上抽空阅读、写作。因为写作这件事从小学学会写作文起，就已经深深地印进了我的骨子里，在提升自己的学历、见识、兴趣、深度上，我始终记得我的梦想是什么。

2013 年到 2015 年间，即使工作再忙，即使学习再忙，我还是写心情随笔写了 30 多万字。有手写稿，有电子稿，觉得写得好的就随手发在 QQ 空间里，觉得写得不好的就删了再写。后来，2016 年初，我删掉了很多自认为写得不好的文字。我对自己的要求很严格，我不想写太多的随笔了，但我从没有想过自己后来会出版自己的书籍。我曾认为那是一个梦，一个难以实现的美梦。我宁愿在梦中不醒。

2016 年，我突然意识到我应该去为梦想努力，梦想为什么叫梦想？梦想就是对未来的一种期望，指在现在想未来的事或是可以达到但必须努力才能达到的事情，梦想就是一种让你感到坚持就是幸福的东西，甚至是一种信仰。我买了《阅读与写作》《现代文学写作》《学会写作》等书籍，开始彻头彻尾地研究和学习散文。我开始重温散文的概念、特点、分类等。我认为只要用心学了，用心写了，成形的文章就不会差。在这一年里，我的输入大于输出，我写东西的数量远远没有前两年多了。不过，我过得很充实，也收获颇多。

2017 年，我开通了自己的微信公众号"娴说"。最初，我坚持日更，一个人写文、找资料、学着排版，学着 P 图，每天基本上都是凌晨后才能把文章发送出去。一个人的时候，我很孤独，也很累，但我不孤单，甚至乐此不疲。

我之前在《从来没有一种成功可以一蹴而就》的这篇文章里写道："有时候，真心觉得自己的精神头好到不行，白天忙忙碌碌如同打

仗一般，到了半夜，整个夜都安静了下来，喧嚣的都市、斑斓的霓虹灯、挑着路边的街灯，逐渐开始入睡着。"

"这时候的夜安静得出了神，只闻得见风声听得见雨声。我这才坐在电脑前活动了肩膀撑着着脑袋，开始码字。"

"写字实是一件极其孤单的事儿，人的孤独感是随着时光增加的。很多时候，说着说着，就忘记了究竟是对别人说还是说给自己听。更多的时候，更像是自说自话，一个人坐在床头的角落里，所有的灯光均匀地打下来，洒在黑框眼镜上，镜片顿时明亮了许多。于是，再多的困意也随之消失，我知道，这便是起点，更没有终点。"

是的，我一直认为写作都是一件特别孤独的事情，有时候写着写着，就会把自己写哭，情到深处时，我便成了我写在故事里的那个人。

写作也是一件特别无聊乏味的事情，没有一点趣味，也不好玩。但我就喜欢玩，玩书本，玩文字。在我的大部分文章里，我都把自己玩进了文字，揉碎了捏碎了塞进每个偏旁部首里。

今年的我才二十几岁，我在三十岁前做了很多别人不敢想不敢做的事，我也在三十岁前完成了很多自己年幼时觉得会是梦的事情。但是，所有人从我的朋友圈只是看到了我的光鲜，却不知道的是，我是如何从一个最普通的办公室文员走到了今天的各种闪耀的演讲台上侃侃而谈的。

所以，我要告诉你的是：真的从来没有一种成功可以一蹴而就。只要你认准了，那就去做吧，没有理由。你的未来是什么样，取决于现在的你应该怎么做。

用我的《青春是一场没有终点的行走》书里的一句话来结尾：只要够努力，时间会带你遇见更好的自己。

生活都这么苦了，你为什么还待在北京？

五月的最后一天，我决定去北京会会几个老友。

六月一日，在略带疲惫的周五余晖映照下，我拉着装有电脑、单反和几件轻薄衣物的行李箱赶往西安北高铁站。

高铁站人很多，高铁上人也很多，找到了自己靠窗的位子后，我拉开行李箱，取出电脑，把箱子放在了头顶的置物架上，坐下，托腮，望向窗外。

我想象着印象中我熟悉的北京，青砖、红瓦，壮丽、巍峨，热情、包容，和金碧辉煌、庄严绚丽的故宫相比，我更怀念那些古香古色、恬静温和的胡同。

2013 年秋天，也是一个人去的北京。我在北京待了七天，在胡同里转悠了两天。那两天，我沿着胡同曲里拐弯的小道走了一下午，越走越像是在棋盘上走，泾渭分明。这些胡同几乎都是一个模样，青砖灰瓦，你越往里走，会越觉得胡同里有故事，且愈走味愈浓。

夕阳西下，一抹淡淡的阳光柔和地透过古老的树枝洒了进来，它温柔地抚摸着路边择菜聊天的老人，嬉戏追逐的孩子，还有我这个不属于这座城市的路人，远处传来了沙哑的“磨剪子嘞”“冰糖

葫芦哟"……我不觉得这些声音刺耳，反而更加悦耳动听。

很快，列车到了鹤壁东站，邻座要下车的男人站起来取行李箱，这才把我已经飘远的思绪拉了回来。

我看着早已打开的电脑，揉了揉有点痛的太阳穴，喝了口水，开始码字。我在写一个我爱的女子，这个女子，很年轻，也很有灵气，她叫灵子。

写着写着，我发觉我想她了，于是发了条消息给她："灵子，我在写一个故事，关于你。这次去北京，第一，想去老胡同里再走走，我想在胡同里找回自己，也找找创作的灵感；第二，我去见几个人，就是想见见；第三，我想去拜访一个很重要的朋友。"

"好。去做想做的事吧。到了报平安给我。"灵子敲来一句话。

列车驶过一望无垠的华北平原，铁轨两旁熟了的麦子在风的吹拂下跳起了舞。透过车窗，我闻到了一股甜甜的麦香，这味道是那么熟悉且质朴，像是我的家乡，更像是北京的南锣鼓巷。

五小时后，列车到达北京西站，我也写完了灵子——《愿你有大人的从容，也有孩子的天真》，收拾好了电脑，发信息给一个接我的读者朋友。

读者朋友手捧鲜花，带着给我准备的书签和钢笔在车站接了我，陪我去酒店放了东西，然后我们去了后海。

北京的夜晚处处弥漫着诱惑，她就像一个妙龄女子，婀娜多姿，神秘且靓丽。

朋友很热情地帮我介绍着后海的组成及历史。后海是什刹海的一个组成部分，由前海、后海、西海组成，再往西走，就是恭王府了，它是清末规模最大的一座王府了。

和朋友告了别，我的手机也关了机，凭着记忆我竟很顺利地回到了酒店。北京很大，对于一个第二次来首都的我来说，或许还应该略微陌生，可此时，那种从内到外的熟悉感分分钟都能让我热泪盈眶，此刻，这份陌生竟然变得如此亲切。

　　想起今天在《有思社》里看到的一段采访，故事的主人公也是北漂族，但为了梦想，为了心中的那个执念，她孤身一人来到了北京，日子过得很艰难、很累，但也很知足。

　　她说："此刻，我边码字边吃着这周的第五顿泡面，想起上周急性阑尾炎发作我正在公司加班，突然腹痛难忍，浑身发冷。一个人打车去医院看急诊，挂水到十二点，回到家看到镜子里的自己脸色白得吓人。第二天去挂号、办住院、术前检查，手术当天怕爸妈担心没有和家里说，找了最好的朋友来签字，我想大部分离开家的人都是报喜不报忧吧。手术后又仗着年轻恢复快，第二天就在病床上回起了邮件。为了每月可观的收入，为了更好的生活，我第一次意识到拼尽全力的自己是多么渺小与卑微，北京很好，她不应该被任何人贴上标签，但如果有一天我被生活的困苦淹没，我一定会离开这里，但不是现在。"

　　是啊，北京很好，北京牛人很多，北京大得容易让人迷失自己，但是我们为什么还要背井离乡地去北京？再累的时候也不愿离开，因为我们有梦想，我们进京时的箱子里、蛇皮袋子里装了一个叫作梦想的东西，我们不认输。即使输了又何妨？如果不是迫不得已，我们不会离开，我们早已经深深地爱上了这片土地。

　　周末，我去见了朋友小北，并参加了她的新书发布会及二次创业分享会。小北是一个1991年的姑娘，特别瘦，但是这个看起来赢

瘦得惹人心疼的姑娘却有着一颗强大到许多人都喜欢和佩服的心。

她的公众号运营了五个月的时候，粉丝突破了百万，她在每个深夜里，用自己独特的、温暖的声音陪伴着需要陪伴的人们，温暖着需要温暖的人们。

她 25 岁时，和朵朵创办了"一路向北"工作室，之后又把"解忧杂货铺""晚安蜜语"等节目陆续进入企鹅 FM。在这期间，小北的三本畅销书《在这善变的世界里难得有你》《遇见每一个有故事的你》和最新上市的《一个人的小小酒馆》先后出版。

2018 年 3 月 21 日，小北又对大健康项目进行了完全考察和分析，正式成立了小北团队，工作室也由自媒体嫁接到了项目创业中。仅仅两个月时间，她凭着自己的真诚和信誉创下了 700 万的业绩。

是的，这只是一个 27 岁的姑娘，来自一个偏远的农村。在北京，她没有关系，没有背景，没有经济能力，但她凭着一颗爱折腾和敢想敢闯的心走到了今天。她的员工也都是一些特别年轻特别优秀的姑娘，正是被相似的气息吸引，于是她们相遇了，并一起开始打拼、奋斗。

当我听到看到这些故事和故事里的人时，我那颗火热的心有种被烫伤的感觉，这种感觉深深地震撼了我，让我有机会重新审视自己，思索自己到底在追寻着什么，接下来的路我该如何走下去。

我曾从成都回西安的时候，日子过得也很不尽人意，迷茫、焦虑时时刻刻都填充着我的大脑。可是后来，我还是咬着牙挺了过来，一步一步地走向了更好的自己。我失恋过、痛哭过、被人算计过、犹豫过、不知所措过，也彻彻底底地输过，但还好我没有放弃过，没有放弃自己，没有放弃爱好，没有放弃善良，没有放弃做人最基本的道德品性，更没有放弃梦想。不管是西安还是北京，我都爱她，就像爱自己一样，因为这里也有美好与天真，有慈爱也有关怀，她们都是有温度的城市。

那天午后，我一个人又踱步到了 2013 年我曾走过的那条胡同，我依然能清晰地感受到当年我走这条路时的心情，门口围坐着拉家常的老人们依然很友好地笑着向我点头，迎面走来的外国夫妇举着相机抚摸着这座古老城市的青砖瓦砾，他们感叹着中国的强大与历史的震撼，他们赞美着北京的繁华和胡同的淳朴。

此刻，我爱极了北京，爱极了这座精神抖擞、朝气蓬勃满是希望的城市，也爱极了这里的青砖、红瓦、质朴和包容，不管是这里的繁华或壮丽，抑或是这里的朴素和温柔，我都爱到了骨子里。

北京，这座闪光的城市，以强大的包容心接纳着五湖四海投入她怀抱的人们，爱着，也鞭策着，同时改变着。

这里每天都有初来乍到充满好奇的眼睛，也有离别前盛着泪水的酒杯。有的人带着梦想来，为了因未知而愈发迷人的未来；有的人带着遗憾离开，迫于因现实而渐渐窘迫的生活。

这就是这座城市的魅力所在，她在默默地告诫着人们：落后就要挨打，跑起来才能赢。不管结局怎样，不管未来走或留，至少你曾经来过，曾经拼命过。

这里是北京，有过你，也有过我。

贾京巴·毕淑敏·杨焕亭·尚云霄等联袂推荐

明天更好

愿你有大人的从容，
也有孩子的天真

　　灵子，一个 1998 年出生在南方的姑娘，但她没有南方姑娘的温婉和恬静，她自由、洒脱、随性，她爱极了北方。和我相比，她比我更像一个土生土长的北方姑娘。

　　三年前，我们因文字结缘相识，那时，灵子还是一个穿着校服的稚嫩的高中生，在广西灵山的一所高级中学读高二。我们之间的交流并不多，但我们也会偶尔发个消息问候对方。我对她的了解更多是来源于各大公众号她的文字。她文字的深度，远远超过了她的年龄；她透亮的眼眸，就像是漆黑夜空里的繁星；她精致的五官，在清晨太阳光的照耀下，更显得白净有灵气。是的，有着相同气息的人总会在某时某刻因为某件事不期而遇，从而相知，久而久之，他们便会成为最懂对方的那个人，更会成为对方。

　　一年前，灵子高考完后，只身来到了西安游玩。或许是因为西安独特的深厚的文化底蕴和磁石般的吸引，灵子决定留在西安。那一年的高考志愿，灵子反抗着所有人，只报考了所在西安的大学，也开始了她的求学之路。

5月的某一天，我和灵子相约在一家餐厅吃饭，我到得早了一些，于是发了定位给灵子后，便玩起了手机。

"姐姐，是你吗？"我一抬头，一个秀气脱俗的姑娘出现在我面前。

"灵子，你来啦，快坐。"我急切地说道。

我们紧紧拥抱了一会儿。她很温柔地抱着我，一头柔顺的长发慵懒地洒在了我的肩上、脸上，我闻到了一股淡淡茉莉花的味道，很像她。

我们聊了很多，从小时候的趣事、中学叛逆，到大学生活，再到为人处世、理想和梦想等等，我们从七点多聊到了十点多。若不是灵子还要赶回学校，我们或许能聊一晚上。毕竟，能够遇见一个像自己的人是一件多么难得的事情。

我们像大多数女孩子一样，开始各种自拍，我们拍了很久很久，灵子也笑了很久很久。

最后，我们不得不在地铁快要停运的时候分开了。目送她上了地铁，我转身涌进了熙攘的人群。望着远去的列车，拥挤的人潮，我就在想：这个世间人和人能够相遇、相知、相互喜欢是一件多么难得且不易的事情。我们都很忙，始终在路上，匆匆复匆匆，我们没有机会也没有时间去认真和自己也和别人谈梦想。

是的，我们很多人没有了梦想。

可是，我还是很幸运地在茫茫人海中遇见了和我一样爱笑、爱文字、爱旅行的灵子姑娘。我不知是怎样的缘分，能让我们在相隔千里的两座城里相遇，然后在同一座城里相知。

贾平凹·毕淑敏·杨绛等·肖云等等联袂推荐　明天更好

人世间，缘起缘灭，缘深缘浅，有些人注定长相厮守，有些人却相忘于江湖。而灵子告诉我：我不会忘你于江湖，因为你就是我的江湖。

我和灵子之间有着太多的相似点和心灵感应。就在昨天，我说："明天我要去北京，累了，想出去走走了，一个人。"灵子回复："我也是，明天我去山西，也是一个人。"

灵子是一个随性的姑娘，写小说也写散文，喜欢摄影，喜欢独自旅行，想到什么就能马上去做的一个 20 岁姑娘。她有着与她实际年龄不相符的成熟，也有着 20 岁姑娘没有的冲劲和自由。是呀，她爱自由，就像黄昏下大漠里口渴难忍仍用力飞翔的大雁，即使前面有再多的荆棘和困苦，她依然不畏惧，她只想看看这夕阳落山前金灿灿的大漠。

灵子是一个特别温暖的姑娘，暖自己也暖同行人。就像昨天，我在朋友圈随手发了个心情：不管生活怎样虐你，你都要保持微笑。

灵子发来消息："姐姐，你是不是有心事？"

"没有啦，只是觉得有点累。"我苦笑着回复。

"我不信，你肯定有心事。"灵子很快打来一行字，我能感受到她内心的焦急与担忧。

然后我们两人在大半夜抱着手机又聊了很久，关于爱情，关于婚姻，关于生活，关于许多的迫不得已、无助与心酸。

"我第一次觉得，哭也哭不出来，笑也笑不出来，我不知怎么了，就是心慌，我在宿舍睡了好久，我对未来也充满了迷茫和恐惧，我不忍心家人为了我再那么辛苦地工作了，我想挣钱，我要努力写稿，然后给家人更好的。"灵子断断续续地发来了好几段文字。我看着心生疼，却又无能为力。

在经济上，我为她什么也做不了，我只能一个劲儿地鼓励她，为她加油。

讲真，灵子真的是同龄孩子中尤为优秀的一个。她文笔细腻，如行云流水般自然，毫无拘执。她的文字充满了灵性，成熟性感，她轻轻一点就能笔下生花。她被多个大型公众号聘为签约作者，她的文章在很多杂志上经常可见。

"我这次去平遥，我会把所有的事情都想清楚，包括学业、爱情，梦想及生活。我会平衡好，然后做个了断。姐姐。你也要开心，我不想你不开心，我想你也好好的。"灵子继续敲来一段文字，我能感受到她内心的挣扎及和我的牵挂。

"每个年龄段就要做好每个年龄段该做的事情，你现在需要认真读书，多学知识，然后继续做好那个如风般的灵子就可以了，一切都会好起来的。你多棒呀。"我思考片刻，给灵子敲了过去。

灵子是学生，除了稿费和家里给的生活费外，没有过多的经济来源。灵子家里六个孩子，父母含辛茹苦地供养他们吃穿、上学，灵子不想让父母再这么辛苦，她就拼命写稿，来养自己，也养梦想。她独立、自信、有梦想。可是，谁都不是圣人，在外人面前看起来再强大再优秀的姑娘，也会偶尔在漆黑的夜里害怕、彷徨，也会畏惧未来的那个自己做得不够好，畏惧以后的自己不能给家人带去幸福安康，畏惧自己的梦想不能实现，甚至畏惧面对当前糟糕的生活状态和那个惊惶失措的自己。

贾平凹·毕淑敏·杨樾等·当元巅等联块推荐

明 天 更 好

其实啊，灵子姑娘，不，所有姑娘，不要想那么远，也不要怕，人生路虽漫长，但只要用心走了，总能走上一条繁花似锦的大路。这条路上，可能会布满荆棘，可能会有猛虎野兽，但，我们都走了这么久，也曾面对过很多类似的困难，那么，我们还担心什么呢？

活在当下，我们就应该珍惜当下的一切。努力学习、用力生活，倘若暂时微薄的工资还养不起梦想，那就努力赚钱。

当你有钱又有能力的时候，你还会没有安全感吗？你还会迷茫吗？你还会畏惧这个社会吗？

当然不会！

所以，做好自己，不要怕，眼前的忧愁和困惑只是暂时的，要相信自己，要去努力。

姑娘，愿你有盔甲也有软肋，有大人的从容，也有孩子的天真。

你身边的朋友对你是口蜜腹剑还是肝胆相照?

朵朵刚买完房子,便发信息给我:"姐妹儿,你以后过来就有大房子住啦,姐妹儿给你留了一间,是你喜欢的风格。"

待朵朵挺着大肚子和她老公装修完房子后,我便迫不及待地去了她的新家看她,和我们那个还未出生的小宝贝。我一边摸着朵朵圆鼓鼓的肚子一边被她拉进了房间,她仰着头傲娇地问我:"看,漂亮吧?喜欢不?"眉目间满是宠爱和霸道。

一瞬间,我发现这个在孕期有点傻的女人此刻是如此可爱,她那小巧精致的脸被甜蜜的爱情滋润得愈发红润,她的眼睛黑黝黝,水汪汪,扑闪扑闪的,像是会说话。

"嗯,太漂亮了,符合我的气质,哈哈。"我抱紧了这个爱了我十几年的女人,想哭。

"别矫情了,你起开,压到宝宝了。"她一边眯着眼睛笑一边轻轻地推开了我。

"哎呀不嘛,我也要抱抱,哈哈。"我故意向朵朵撒起了娇。

我和朵朵相识了十三年,在这十三年里,我们很少红过脸,我

贾平凹·毕淑敏·杨绛等·白云儒等联袂推荐

明天更好

们穿过同一件衣裙，同一双鞋，睡过一个被窝，也会抽空去拜见对方父母。我们知道对方所有的秘密，了解对方所有丢脸的事情和不易。我们很像，不管是性格还是脾气，我们像是一个人。我们平常都很忙，忙的时候，我们也会半个月不联系，需要对方的时候，我永远都是她的归宿，她也是我背后的支撑点。在我最低谷的时候，是她在养我，给我衣食住行。

在我每次去看她的时候，她的第一句永远是："你想吃什么？我做给你吃。"

或者她也会打电话给我讲她们医院又发了什么东西，她又买了什么牌子的化妆品，哪个哪个她不用给我留着让我过去拿。

她从没有忘记过我，哪怕我忙着恋爱没空搭理她；她不会背叛我，哪怕全世界都背叛了我；她不管我的身份怎样、职位是谁，她只知道我是她的朋友，我的事就是她的事。我们两人就像是黏在一起的粘牙糖，再也分不开了。

我们之间有着太多太多的故事，我们曾经拜过把子说要做一辈子的最好的朋友。我知道，我们不仅仅有的是这十三年，我们还有很多个十三年。

不管我们富有还是贫穷，健康或是疾病，事业有成还是碌碌无为，我们都会一直在，在对方身边。

这个时候，你可能会说，我也有很多好朋友啊。是的，你看起来似乎是有很多个朋友，你整天被一大群各种各样的朋友所包围着，那么，当你陷入困境需要出力需要钱的时候，有几个会肝胆相照地站出来，拍拍自己的胸脯对你说："兄弟姐妹们，没事，包在我身上了。"

哪怕是你掉进了一个小小的水坑里需要有人轻轻拉你一把的时候，又有几个人会伸出一只手给你？

　　朋友们，你们自己认真想一想，或者借借钱试试，有多少是酒肉朋友，有多少是半面之交，有多少是因为利益关系存续着，又有多少看似是朋友实际上却是笑里藏刀、阳奉阴违。

　　去年，我的上一本新书《青春是一场没有终点的行走》预售时，一位关系特别好的男性朋友拍了拍胸脯向我保证："包在我身上，保准我一天给你卖出几十本，我的朋友多着呢，我们关系很不错。"第二天，我开玩笑地问卖出了几本，朋友沮丧地说："我的朋友都是酒肉朋友，整天就喜欢喝酒打游戏，很少看书。我以为我和他们关系很好，其实也就那样吧，卖出的不多。"

　　接着朋友给我讲了一个他的故事，他在一家国企做高管，公司业务范围广，手底下的人也复杂。在一次竞争升职的前几天，一会儿这个过来向他打另一个的小报告，一会儿另一个向他讲这个的坏话，平时两人看起来推心置腹的，关系好得不得了，就像亲兄弟一样。谁知道牵扯到个人利益的时候，人的贪婪本性一下子就暴露了出来。你以为他对你肝胆相照，珍惜有加，却没成想对方实际上都是笑里藏刀的伪君子。都说小人难防，确实难防啊。

　　你的身边看似朋友很多，今天这个喊你喝酒，明天那个叫你唱歌，你觉得你的兄弟姐妹人都特别好，特别看得起你，你不好意思拒绝那些与你其实并没有太大关系你也不太想去的饭局或聚会，但你为了面子，为了合群，你还是去了。你坐在一大群口吐烟圈、满口脏话的人群中，违着心挤出一丝笑和这个碰杯，和那个找话题，你累不累？

明天更好

你说其实你也不喜欢那种无效的社交和无聊的聚会，可你得去啊，你不能疏远你的朋友，万一哪天还能用得上，谁都会有难的时候，所以你要广交朋友啊。虽然你有十万个不想去，你也特别不适应一些圈子，可你还是去了。那么，我想问问你，整天巴结这个讨好那个，处在这样的朋友圈中你真的开心吗？你不累吗？你身边的朋友是口蜜腹剑的多还是肝胆相照的多？

于是，会有人站出来问了，那什么才是真正的、值得深交的朋友？

其实不难，谁对你好谁对你不好你都能感受到，和谁相处舒服点就和谁在一起，你不用为了合群、讨好，放下手中的工作去假装迎合，也不用装得很开心地去参加一些不乐意参加的聚会。

他们如果把你当作兄弟或姐妹，真心地希望你好，他们会理解你、支持你，在你忙得不可开交时不打扰、悄悄地给你端茶倒水；在你落难时，他们会第一时间站出来帮你；在你失恋时，他们也会寸步不离地守着你，你要喝酒，陪你喝酒，你要发疯，陪你发疯。

他们也许不会说华丽的话语，即便在你最痛苦最累的时候也不知该怎么安慰你，但他们会一直陪在你身边，心疼你，关心你。他们不仅懂你骄傲的姿态，更懂你背后的艰辛与不易，他们懂你的侃侃而谈，更懂你的欲言又止。

如果你身边有这样的朋友，愿你珍惜，因为他们值得被珍惜。

如果你身边的朋友让你觉得不舒服甚至感到疲惫，愿你远离。

定期清理一下你的朋友圈子吧，远离小人，珍惜君子，让你的朋友圈简单、纯粹起来。相信我，你会爱上这种简单、干净、真诚的朋友圈的。

你很贵的，
怎能屈身于廉价的爱人？

　　我在四川上大学的时候认识了一个学姐，她家里条件很好，父亲在一家政府单位工作，母亲在公办学校教书，爷爷是某高校的退休教授。总之，她就是那种从小不缺洋娃娃不愁漂亮公主裙的女生。

　　她长得很漂亮，皮肤白皙透亮，眼睛深如秋水，柳叶眉，樱桃嘴，笑起来简直要甜化了我。

　　在她们系，追她的男生太多了，如果非要形容的话，那应该有一火车皮了。可她偏偏找了个不高不帅不爱学习酷爱打架的男生，她说，他打起架来的样子真酷。看着他们并排走在校园里，男生两手空空，女生手里提了一大堆东西，大部分还都是买给男生的。我们当时就很纳闷，这个漂亮又优秀的系花怎么会看上他？他究竟是哪里吸引到了学姐，毕竟他们在一起怎么看都不合适，女生就是一只白天鹅呀。

　　男生来自四川大凉山的一个偏远山村里，家里兄弟姐妹多，他是最小的那个孩子。哥哥姐姐们很小就不读书了，为了供他，他们都去了南方打工，可他从小就不好好学习，最后还是在老父亲的苦

贾平凹·毕淑敏·杨绛宁·尚之微等联袂推荐　　明天更好

苦相逼下复读了一年，才考上了我的那所大学。

放暑假时，男生带女生回过一次老家。坐火车到了凉山，再从凉山倒了一个多小时的大巴。女生望向窗外，处处都是坑坑洼洼的土路，颠得女生胃里排山倒海。大巴终于抵达到一个镇子上，女生松了一口气，以为到了。"还早哦，还要翻过前面的这座山呢，怎么，你不想走了？"男生的语气中带有一丝轻蔑，明显是吃定了女生。

"没有没有，怎么会！"女生有点尴尬，但还是笑着对男生说。

天黑的时候，终于到了男生家。天哪，这哪儿是一个家？几间土房子立在院子里，房顶上灰色的瓦砾在这秋风瑟瑟的夜里显得愈发萧条，院子很乱，横七竖八地堆放着各种杂物。女生深吸了一口气，虽然这个家和她自己的家相差太多了，可她还是很礼貌地随男生进了屋子。

男生的父母都是老实的庄稼人，一辈子和黄土地打交道，和猪羊做朋友。那天晚上，男生的父母看到儿子领回一个城里媳妇，高兴坏了，特意抱了床新被子放在了他们灰扑扑的床单上，并拿出家里的糍粑饼一个劲儿地让女生尝。他们新奇地打量着这个白净漂亮的城里姑娘，两只眼睛亮了许多。

女生累了一天，困得实在想睡，可男生的父亲母亲就是不出去，一会摸摸女生的头发，一会捏捏女生的脸蛋，惹得女生想哭又想笑。

终于等到老两口困了，女生才长舒了一口气，和男生一起坐在"咯吱咯吱"响的床沿边上，女生看着发灰的墙面，墙角还挂着些许蜘蛛网，屋子里除了立了个老式的已经掉了漆的衣柜外，再也没有其他什么家具了。床对头的另一角堆满了锄头、铁锨、簸箕等杂物，看得人有点闷。

就这样，女生在男生家里待了三天，为了讨男生父母开心，女生抢着帮男生父母洗衣服、烧火洗碗。女生是成都市里的，从小衣来张口饭来伸手，吃惯了时令蔬菜白米饭的她，在大凉山的这几天几乎天天吃荞麦糍粑、杂粮面，配的是酸菜和四季豆。做饭的水是男生父亲用桶从隔壁院子的水窖里打上来的，打上来的水很脏，上面飘满了树叶和小虫子，他的母亲就用纱布过滤掉水中的杂物，再放上一晚，第二天早上用舀子舀掉上面的清水，桶底的浑水用来喂猪。女生看得牙疼。

毕竟是城里来的千金小姐，不习惯不适应也是正常。女生心想只要毕业后男生积极上进、努力工作就可以定居在城里了，然后把老人们接过去，好好待人家，让老人们也享享清福。

回学校后，女生更是处处为男生着想，甚至内衣裤都要帮男生洗。

在他们恋爱期间，其实女生从来都不缺追求者，可女生就是死心塌地地爱着这个男生，甘愿为他放低身段，为他放弃尊严。

如果说爱一个人的最高分是 100 分的话，那么女生爱男生的得分应该远远大于 100 分了，而男生可能都谈不上爱女生吧，或许只是想从女生身上得到些许值得炫耀的东西而已。

"当局者迷，旁观者清"这句话用在他们身上最合适不过了。我们很久没有见过女生开心地笑过了，我们也能感到她的疲惫不堪又不甘放弃。这一路走来，都是女生在放低身段来讨好男生，包容男生。她在学院所有男生的眼里是那么高贵，却在他那是那么廉价。他很廉价，给的爱也很廉价。

是呀，爱情是毒药，是砒霜，陷在里面的人不能自拔，明明知道这是男生所赐的毒药，却还含笑一饮。她宁愿用长期的痛苦换取男生给予她短暂的欢愉。在这段男生根本就不配拥有她的恋爱里，她像个傻子，更像个植物人，丢了自己，丢了反抗的意识和宠爱自己的权利。

直到后来发生了一件事，让女生彻底从一地鸡毛的爱情陷阱里走了出来。一个夏天的晚上，女生突然犯恶心，浑身发热，并开始呕吐。她在宿舍的架子床上疼得直哆嗦，脸上的汗也冒个不停。我们吓坏了，赶紧给男生打电话，打了半天，男生才接了电话，支支吾吾地说在睡觉，等睡醒了再说。

我们一边大骂着男生不是人一边打120，直到把女生送到了医院，男生都没有出现。

女生一个人躺在病床上，我们几个朋友缴费的缴费，打水的打水，陪女生聊天的聊天，就是绝口不提那个渣男。

出院前一天，男生来了，解释说那天困得不行，在睡觉。女生苦笑了下，没有说话。

出院后，女生向男生提出了分手："既然我的命都没有你的睡眠重要，那你回去继续睡吧。我们以后井水不犯河水，我是瞎了眼才看上了你，你不懂知恩图报也就算了，你还认为理所应当。我不欠你的。"

女生终于意识到了他们的爱情一开始就是个错误，从门不当户不对、成长背景、生活环境、消费观念、家庭氛围等等，怎么看都不协调。

她出生就有高跟鞋穿，而他只有草鞋；她有宝马接送，他只能和架子车做玩伴；她有大大的书房，而他只有一间和农耕器具作伴的土屋。此刻，她终于意识到他们之间不仅仅是爱不爱的问题，更是门不当，户不对。

　　都说，寒门出贵子。可男生不上进不努力不去让自己变得更好也就算了，还到处耍酷装怪，活该穷，活该丑。

　　"本来我想当女儿，结果找了个想当儿子的。"后来谈起这件事的时候，女生苦笑着说。

　　"我原本以为他只是还没有长大，一切随着时间都会改变的。可是，我错了，我爱上了一个不爱我的人，特别自私特别渣的一个人，他自私到只爱他自己，即使我再优秀。"女生接着说。

　　其实啊，她爱上的这个人根本就不是个男人，他没有男人该有的担当和责任，没有一个男人该有的样子，从头到脚，从里到外。可能只是打架时自己觉得酷了一点，看起来孤傲实际上是自卑。

　　既然这是一段错误的开始，那就让它及早结束吧。女生很优秀，她值得更好的。

　　我们身边像这样的傻姑娘比比皆是，所以，我把学姐的这个故事写出来就是想告诉更多的好姑娘：爱情是平等的，爱情也不是生活的必需品，如果他不是对的那个人，那就不必将就。

　　爱情应该是使你幸福的，要是你在他给你的这段爱情里不幸福，不舒服，那你还要他做什么？留着过年吗？如果和他在一起也有痛苦，那你至少也要在痛苦中看到希望；要是连希望都没有，那这样的痛苦应该多深多沉。你背得动吗？

贾平凹·学校版·杨绛等·白云鹏等联袂推荐

明天更好

同样，要是他给你的爱不能让你幸福和舒适，你也不必爱他了，因为这样的爱只会阻止你的幸福。

就像张小娴在《请至少爱一个像男人的男人》一书中写道："爱上一个不像男人的男人，并不会把你变成女汉子，只是从今以后许多事情你都得自个儿扛着，让自己不再需要男人。"

若是这样，你该多累啊。

姑娘，下次找对象时睁大眼睛，擦亮眼睛，让自己活得聪明些，漂亮些，也活得舒服些。让优秀的你配得上更优秀的他，而不是再去找一个对你都吝啬去爱的人。

你很贵的，怎能屈身于廉价的爱人？

摒弃鬼神观念，
做第一个吃螃蟹的人

Keshav 和 Jaya 是一对十分恩爱的印度情侣，他们克服了外界的阻挠和种种磨难，最终结为夫妻，眼看就要过上比翼连枝、双宿双飞的幸福生活了，可是在嫁给 Keshav 后，Jaya 发现家里竟没有厕所。

男人们在自家后院解决，而女人们只能晚上去野外入厕，在女主人要求必须打破祖先的规定建一所厕所时，引起了全村男人的反对，甚至女人们也都在极力批判，羞辱女权。作为丈夫的 Keshav 从开始的不理解，到后来与 Jaya 一起对抗来自家庭、宗教、国家的阻力，最终获得成功。

这部电影画面生动，情节环环紧扣，它比《神秘巨星》更直白，更有感染力，也毫不夸张毫不吝啬地把自己国内存在的问题大胆地搬到了屏幕上，从一个家庭到村子到县上，最后到一个国家，以修建厕所、管理厕所为导火索来打破持续了1700多年的传统观念。那么，女人们明明知道在野外就厕是多么不方便，男人们也同样担心自己的女人被人偷窥，那么为什么集体还那么反对建厕所呢？

因为不敢发声！因为不敢和封建思想、宗教对抗！

愿平凹、毕淑敏、杨烁等、尚云霜等联袂推荐

明 天 更 好

这就是文化的差异和思想的差异，在这里我不评判谁是谁非，但是同样作为一部为女权发声的电影，却深入人心，反映的思想深到了骨髓里。凭什么在很多时候很多地方男女不能平等？凭什么女权就得低到尘埃里？

我拒绝洗脑，但这的的确确是一个关于与命运抗争的故事，是一个勇于夺回本应属于女性权利和平等地位的故事。这部看似轻松愉悦的喜剧却用一件平常生活中极其微小的事情反映出了现实。这种不平等的地位、愚昧的封建思想和陈旧腐败的传统观念实际上在很多地方，包括在我们的身边都或多或少地存在和上演。

一些偏远大山里的村民，为了能够娶媳妇传宗接代，不惜花掉自己一辈子的积蓄，愚蠢得从人贩子手里买媳妇，怕媳妇逃跑，就用铁链拴住手脚。他们不要求什么，只求能传宗接代生孩子，他们不在乎她是否会受刺激或者疯掉，似乎这些和他们没有直接关系，他们只追求肉体的刺激和性的欲望，要求必须生下一个带把儿的孩子。他们是性传播者，她们便是性工作者，在那些粗鲁暴躁的男人眼里，她们只是一个生孩子的工具，而已！

电影《盲山》曾经用纪录片的形式讲述了22岁的女大学生白雪梅在找工作的时候认识了热情大方的姑娘胡晓晓，她在工作和金钱的诱惑下和胡晓晓一起坐车去山区采购中草药。最后她才发现被人贩子（胡晓晓）卖给了当地40岁的农民黄德贵做老婆。白雪梅极力请求、反抗，但只要她稍有反抗就会遭到毒打、漫骂和强奸。性格坚强的白雪梅不断寻找机会逃跑。但在这个传统封闭的山村中是没有人愿意帮助她，他们把她关起来，当众合力毒打。一年后，白雪梅为黄德贵生了一个男孩，黄家对她放松了警惕。白雪梅在中学生李青山的帮助下，最终和父母取得了联系。在警察的帮助下，她终于逃出了这个山村，结束了整日整夜的噩梦。

一个人、一个村庄、一个国家，如果自己都不自重，不创新，不敢打破常规，不敢对抗陈旧腐败的思想和"文化"，不会尊重人权，不学习和接受新事物，不解放思想，那么这个人，这个村庄活该穷，这个国家只会落后，落后就得挨打，最后受苦的还是最基层的人民群众。从个人——集体——国家——个人，不断地恶性循环。

所以说，该站出来指责、指正的时候就要站出来，学习别人优秀的、先进的文化和思想理念，取其精华，去其糟粕，将命理学思想现代化、细致化、实务化、辩证化，摒弃封建迷信观念，摒弃鬼神观念。不要总把传统当幌子，不要把差异当文化，并非所有的传统都应传承。优秀的、好的，我们必须传承下去，但我们决不能把落后的、坏的观念传给我们的子孙后代。

如果你明明知道是不对的，不应该这样做，你不敢站出来，他不敢站出来，那么谁敢站出来呢？你、他，甚至整个圈子又怎能进步、前进？如果一个团队，群体都唯唯诺诺，没有创新，那么这个社会乃至国家又能好到哪里去？

鲁迅先生曾说过："第一个吃螃蟹的人是很令人佩服的，不是勇士，谁敢去吃它呢？螃蟹有人吃，蜘蛛也一定有人吃过，不过不好吃，所以后人就不吃了，像这种人我们应当极端感谢。"可见，行动是一件事情是否可行的鉴金石，认识在实践中产生，实践是认识的唯一来源。

　　如果我们都敢想敢做、敢于人先，敢于创新，有胆有谋，乐于学习和接受新的观念、理念和想法，那么我们一定是这个时代最富有的人了。人可以穷，但不能穷得不敢作为，如果一个人，愚昧无知，思想陈旧腐蚀，不学习不进步，不行动也懒于行动，还做着能够中彩票的美梦，那他是妄想，这类人，活该穷！肉体穷，精神更穷！

　　我希望你，我也希望我自己，去做一个摒弃鬼神观念，第一个吃螃蟹的人。

是什么"病"根深蒂固地抑制着我们的成长？

一大早，和朋友丁是钉讨论起了关于发散性思维、拓展性思维及经济常识的问题。朋友丁是钉有着多种头衔和多重身份，当然，这些他没有告诉过我。在他的公众号《经济常识丁是钉》的个人简介中，他有着这样的标签：资深财经记者、财经观察员、北京行为科学学会常务理事、中国企业研究院研究员、多家公司策略顾问或独立董事、著有财经文化随笔《预见》。

丁是钉给我留言道：年轻人，一定要有年轻人该有的思维和远见。不要局限于你所认为的那一亩三分地里，你以为那就是天，可实际上，你的天在比你见识更多、思维更广阔、认知更超前的人眼里那只是井口，小到和碗盘一般大。多出去走走，去见识一个更广阔的天空，到中国最有活力和希望的地方去看一看。给自己一个快速成长的机会，成长就意味着挑战和不停地学习、转型。这里的转型不仅局限于工作，更是要你的思维转变。作为年轻人，一定要把固有的、固定的思维转变成市场思维，要多去学习先进的文化思想和理念。

贾平凹·毕淑敏·杨揆亭·肖云儒等鼎力推荐

明天更好

　　看完留言后，我们就这个话题进行了更深一步的讨论。我特别赞成和欣赏朋友丁是钉渊博的经济学识和极度卓识得远见。如果一个人，一个年轻人，在长久的、固有的生活圈、工作圈、朋友圈待得久得不能再久的时候，你还不去接触新事物，不去学习新的文化和理念，不敢走在时代前端去学习飞速发展的科技文化和求异思维，那么你很难再有大的进步。

　　人在很多时候都是一个复杂且矛盾的的物种。想学习，想成长，却又有着各种顾忌和担忧，也许是胆小懦弱，也许是没有机遇和时间，更或者用最直观最简单的词语来形容的话，那就是：临渊羡鱼。与其这样，倒不如回家结网。所以说，很多人之所以成长不起来，或者成长得特别慢，这就是原因。人穷不可怕，比贫困更可怕的是贫困思维的根深蒂固。这颗叫作"穷"的种子深深地扎根在养分稀少的贫瘠土壤里，如同雨季来临后疯长的野草，肆意蔓延，越长越密，越长越除不尽。

　　那么，什么是贫困？什么又是贫困思维？用百度的意思来解释，贫困就是经济或精神上的贫乏窘困，是一种社会物质生活和精神生活贫乏的综合现象。贫困思维，也就是指穷人思维，是指穷人与富人对待事物持有的不同态度和思维方式，主要表现为不上进、不善思、鼠目寸光，只看眼前利益，不懂得感恩和共赢，其不是说穷人脑子里拥有的思维。有这种思维的人需要不断改进自己的思想，尤其是改变自己的思维方式和模式，以便学习富人的思维最终也能变为富人。

　　显而易见，这种回答与我们固有思维里的想法大同小异。当你认为一个人贫穷时，我们先不论他的经济、物质如何。更深地来说，贫困更包括精神贫乏，即无思想的人是一定意义上贫困的人。因而在这两种结论下，自认为贫穷的人不一定是最贫穷的，看起来富裕的人也不一定就是富者，前者可找参照物相比，后者就可能缺乏比物质财富更重要的东西了。

朋友丁是钉在文章《有一种贫穷叫习惯于贫穷，砸钱也救不了》中写道：穷人缺钱吗？当然缺。如果给穷人一大笔钱，他就能变成富翁吗？还真不一定，那些中了彩票大奖的大部分又沦落为穷光蛋，还有无数的亿万富翁破产成为破落户，这些例证都在说明一个事实——钱并不能让一个人富起来，如果没有扩散性思维、创造和打理财富的能力，再多的钱都可能像流水一样迅速失去。除非把钱存在银行里不动。

如果去问一个贫困的人为什么不想办法赚钱呢？多半会回答说没有本钱呀。如果接着再问，如果给他一笔钱，他会做什么，怎么做，有把握赚钱吗？十有八九会说没想过。大钱赚不来，小钱不想挣，习惯于眼下的状况，没有强烈改变愿望，这是大多数贫困人口的共性问题。中国的贫困人口大多集中在贫困地区，有时候只要换种思维模式、剔除骨子里的"穷"想看"穷"看法，多去学习和接触新的事物、观点和认知，就可以脱贫，但很多贫困人口却对很多事物都充满了恐惧，觉得只有待在本乡本土保持固有的最原始的思维才有安全感。所以说，越是贫穷的人越是不愿意改变，越是害怕失去。

穷人之所以穷，之所以更穷，就是因为：有一种贫困叫做习惯了贫困，有一种"病"叫作"穷病"。

这种贫困思想、贫困观念、贫困思维模式，深深地抑制和限制了我们的成长。我们不敢，我们有着太多的不敢想，不敢做，不敢有所作为，还理所应当地将穷字挂在嘴边，抱怨企业，抱怨社会，抱怨政府，甚至国家。

年轻人，想有所作为的年轻人，我们都应该认真地想一想，到底是什么，根深蒂固地抑制着我们的生长和成长？

是病，是思维穷病，那么，有病就得医，别让会发散的、会扩散的思维导图的种子慢慢地在固有的环境里死掉。年轻人的思维是活跃的，也正是这个时代所需要的，那么我们就得拿出年轻人的样子，突破原有的知识体系，从一点向四面八方铺设开来，通过知识、观念的重新组合，寻找更新更多的答案或方法，改变自己，走出贫困。

这秋，深情且蔚蓝

今年的秋比往年来得早了些，也比往年来得有趣了些。夏末刚至，秋就来了。

她来得那么小心，来得那么猛烈，来得那么让我措手不及。

今年的秋，是踏着夏天的风携着高挂于空的皓月笑盈盈缓缓而来的。来的同时，她还带给了我们一份欢喜和期待。不信你看，人们脸上的笑容是不是又多了些？不信你看，画中的水乡是不是在烟雨的衬托中又朦胧了些？不信你看，塘里的莲花是不是又粉白粉白了些？欢乐嬉戏的鱼儿是不是又快活了些？你看你看，是不是？

秋是随着夏而来的，但秋不同于夏。夏太炽烈，我有点招架不住，也自然不太愿意亲近，想必你也一样。可秋不一样，她有她特有的灵气和趣味。她本身就是一个充满浪漫和诗意的姑娘，当你遇见她，你便会喜欢上她。她大方有温度，她有着不同颜色不同风格的衣裳，有红的，有黄的，有蓝的，也有紫的。不信你再看，对面那被浅秋的叶子染红了的山头，麦田里跳着舞的一波波金黄的麦浪，果树上挂满了苹果、李子和梨子的枝头，还有巷子深处那穿着碎花长裙撑

贾平凹·华浪歌·杨焕亭·尚云鹭鸶联袂推荐

明天更好

着油纸伞的姑娘，你看到了吗？你看到了吗？

秋天的雨好看得通人性。温情、深邃、柔软、绵长。

我斜着身子环抱着双臂倚在雕着花的木门旁，一面听着房顶瓦砾上被拍打着节奏的乐章，一面望着院子里淅淅沥沥的和成了五线谱的秋雨。她们是雨，但又不是，她们更像是一个个小精灵，一会儿跳到一杆杆树梢上，一会儿爬上一簇簇叶子上，随后再跃到了石板街上，泥土地上，小溪流里。不一会儿，地面上溅起了朵朵水花儿，甚是好看。庄稼地里的庄稼欣喜极了，它们一边大口大口地喝着这天降琼浆，一边欢快地洗起澡来，还有那远处的溪流，被这些小精灵们激起了一圈又一圈的涟漪，小鱼儿小蝌蚪们欢快地游到了水面上，和这些小精灵们玩起了捉迷藏。

我轻推开这还带着木香的叩着的门扉，慢慢向雨中踱去。秋雨顺着我柔软的发，我的颈，我的肩，和我的碎花长裙一并落了下来。我伸出我那双细长且好看的双手，在这秋雨中跳起了舞。一瞬间，这秋，这雨，也染上了我的颜色，沾上了我的体香，也有了我的形状。

巷子旁本匆忙赶路的姑娘，也闻声来了。她躲在离我不远也不近的一棵梧桐树下，树下铺满了落下的梧桐花，粉粉的，香香的。姑娘托着下巴安静地看着我，她红色的雨伞斜倒在脚旁，伞上的小精灵们和我一样，也在这天时地利人和的夜晚跳起了舞。在门前昏黄的电灯泡的照耀下，被秋雨打得锃亮的地面上倒映出了我和那姑娘的俏影，和着身旁树叶的鼓掌声，竟有了些暧昧微醉的气息……

这场秋因我而来，为我而来。她好像知道我对她是极其喜欢和殷盼的，她也知道我的孤独，我的欢喜，我的笑，我的泪……

所以，她来了。在一个静悄悄的深夜，她拽着夏的尾巴轻轻而来，她这次来，会多待些日子。她告诉我，她会多陪我几天，她不想让我在寒冷的冬里感到一丝凉意。

　　我爱极了这个秋，爱极了她的澄亮，她的性感，她的温和，和她带来的种种故事和欢喜。

　　我愿成为秋，或者成为秋的一分子，我愿更深情，也更蔚蓝。

贾平凹·毕淑敏·杨绛·肖云儒等联袂推荐

明天更好

夏末浅秋时分，我恋上了一座城 |

　　傍晚温风习习，挑着纤纤细手，轻抚我面，及我柔软的发。

　　与三五好友踱步在陈仓老街幽静的石板道上，邂逅这座历史悠久的 1941 的民国风情建筑群，和这处"明修栈道，暗度陈仓"的发源地。

　　桥边上被风摇曳着的街灯在我们的目光所致中一下子欢快起来，在水里跳起了极具有灵性的舞姿。那舞，是镜花水月洞天；那姿，是贪恋夜色的蝶；那身子，柔软得像是旁边太白山上空飘着的云，越看越回味无穷。

　　今晚陈仓的夜很长，老街也很长。立在桥头，环望着摩肩接踵的人海，我寻觅着岁月的足迹和那一龙脉的传承，触摸着这百年风云、血肉交融过的传奇建筑和青砖瓦砾。忽然，一袭暖风拂面，轻吻着我的双眸，我竟有了些许羞涩，一低头，便不小心触碰到了桥下正在欢快歌唱的茵香河水。

　　咦，西依鸡峰山，东枕石鼓园，南倚"父亲山"秦岭，北偎"母亲河"渭河的女儿河河水里竟有一轮会游泳的明月，和着灯火阑珊的夜色，在沿岸旧色的建筑群落的衬托下，宛如一道皎洁闪光的丝带，飘落在这片古城上。再抬头一看，空中也有一弯皓月，和熠熠闪光的茵香河里的明月连成了一线，一弯比一弯皎洁，一弯比一弯还要弯。

夜有些深了，我们却仍倘祥在这座秀峰对峙、怪石林立的石鼓山下，抬头望着远处那黑得看不见的石鼓和松柏的山峰，竟也能想象出石鼓之大，松柏之翠绿，风景之优美的壮丽来。

"溯千载石鼓文化，览百年陈仓风貌"。1941 年，在作家矛盾的笔下，宝鸡是"战时景气"的宠儿，彼时的中山路也是宝鸡商业最繁华、建筑最洋气的地方。当时的陈仓，虽然老百姓的生活十分艰苦，但绝大部分地区还是一片平和、宁静的景象。后来，宝鸡也成为抗日爱国团体和爱国文人进行抗日宣传的重要地区之一。

虽然历史已经翻页，但我们不能忘记，千年陈仓，宝鸡殷鸣佑仓，这对我来说，便是更想去了解和挖掘这片神奇大地的原因之一。

被时光冲刷过的古街，总是藏有太多太多的故事。都说，有故事的地方，就有情怀，就有生命的气息。这就是我恋上它的缘由吧，我想。

夜更深了，我们也该回去了。

再一次回头，我深情地望着我身后的这片有情怀的土地，这条我已恋上的热情的老街。这条老街，藏着一段历史，几代人的记忆，这也将是我极其热爱的一段回忆了。

在这个夏未浅秋时分，我恋上了这座城，还有这座城里的人。

贾平凹·毕淑敏·杨绛拳·尚石娟等联袂推荐　明天更好

嫁给爱情的女生究竟有多幸福？ |

01

在认识大树之前，马尾已经单身了很多年。不是找不到，也不是不想找，而是马尾一直不敢轻易接受和开始一段新的恋情，更不敢走进婚姻。用她的话来说：我好像还没遇到那个我拼命想和他在一起并走进婚姻里的人。那种感觉没有到，怎能够将就？

马尾是我表姐，我更习惯称她为马尾。马尾的父母是我伯父伯母。眼看着女儿年近三十，伯父伯母急得不得了，家里就这么一个千金，过了三十还不嫁人会被人说闲话的。伯母给马尾安排了很多次相亲，但马尾要么就是避而不见，要么就是走个过场。伯父伯母气得生病住了院，总觉得上辈子就是欠这个女儿的，所以这辈子她是来讨命的，哪里有那么合适的三观一致、频率相同？哪里有那么多的一见钟情情不自禁奋不顾身？哪有那么多的爱情？

马尾不忍看着父母年纪渐老还为自己日夜操心，更为自己把父母气到了医院自责不已。于是开始尝试着与自己并不是多么喜欢但对自己一直穷追不舍的男生木头接触，她想用日久生情来说服自己并接纳木头。

可试着接触和了解了几个月后，马尾就像受惊了的小兔子一样，用最快的速度和木头提了分手并逃得远远的。

事后，我问她："怎么回事？木头不是挺忠厚老实吗？经济上也不差。"

马尾苦笑着说："所有人看到的都只是他外表的敦厚忠实，多金学历高。但是，没有人问过我过得开不开心、幸不幸福？你知道吗？我和他接触并了解后才知道，这个木头真是个木头。我平常说的一些话他根本就听不懂，有时候，我怕他不明白，我还特意解释了两三遍，但是他还是不明白我到底想表达什么。我们在一起时，常常一整天没话说，有时一天说的话不超过十句。他自卑、内向、悲观，我尝试过用我的乐观去感染他，可是我错了，一个人三十年来长在骨子里的秉性和脾气已经让他喜欢并爱上了这种顽固不化。我改变不了，这种状态对我来说就是折磨，一点一点地在消磨着我的热情和对美好生活的憧憬。所以，我必须马上逃离。你知道吗？还有一件事，让我对他真是刮目相看，我们在一起时买的情侣银质对戒，他竟然让我以3倍的价格还给他，说是精神损失费，我们之间没有爱，你们只是被他的外表蒙蔽了。得不到的永远在骚动，他只是想占有我，那不是爱。"无奈地笑着说，眼角闪过一丝落寞。我问马尾，"那你给他了吗？"

"那个戒指也就一百来块，我拿了三百块扔到了他面前，然后头也不回地走了。我得大气啊。"马尾舒了一口气对我说。我分明

贾平凹·毕淑敏·杨焕亭·尚天等联袂推荐　明天更好

感受到马尾终于解脱了，那一刻她是轻松、自由的。

自从这件事发生后，伯父伯母再也不催促和责骂马尾了，马尾又像是回到了正轨上，把自己的工作和生活打理得更加井井有条了。一来，马尾在她的工作上敢于创新，利用自己的韧性和发散性思维使得工作顺风顺水，她也连连升职；二来，马尾利用空余时间坚持每天学习日语、插花和茶道，日子过得充实精致有品位。

终于，在两年后的一次朋友公司的新品发布会上，马尾认识了比她大四岁的大树。当时，马尾已经三十一岁，大树三十五岁，未婚。

望着大树在台上侃侃而谈，风趣幽默地对新产品进行介绍和讲解时，马尾的心一直在跳，瞬间心跳加速，粉白粉白的脸颊也开始泛起了淡淡的红晕，在头顶灯光的映照下，马尾光彩夺目。

刚好那一刻，大树的目光也投了过来，眼含深意地相望着，动情且真切，马尾双睫微颤，嫣然一笑，赶紧别过脸去，她在慌乱中低下了头。

在发布会结束后的饭局上，大树大方地向马尾要了联系方式，从那之后，我见到的马尾气色更好了，脸蛋也更清新脱俗了。

去年表姐马尾生日，大树在与表姐马尾去丽江旅行的途中求了婚，旅行回来后就直奔民政局领了结婚证。

马尾回忆说："我和大树第一次遇见的时候，我就觉得和这个人应该有故事发生。我们都在最好的状态遇见了彼此。大树很好，他对我也很好。我们在一起特别舒服，我们三观一致，频率相同，我喜欢旅行，他超喜欢带我去旅行；他喜欢吃鱼香肉丝，我笨拙地学着做给他吃；我喜欢短裙，他说不能太短；我说北极在南方，他摸着我的头说是的；我说肉松是甜的，他宠溺地说对的。忙的时候，我们都在工作，互不打扰，待稍微空了的时候，我会发消息叮嘱他按时吃饭，他会嘱咐我记得午休。我们从认识到结婚，再到现在，我们依然和初见时那样舒服自然。我不知道你懂不懂我的感受？”

马尾在电话里超甜超幸福地一口气说完了这么一长串。我为表姐马尾欣喜，也祝福她和大树。

我想：这，大概就是嫁给爱情的样子吧。

02

今年2月伊始，张杰、谢娜的双胞胎女儿出生了。张杰在微博写道：“谢谢大家的关心！娜娜辛苦了，你真的很棒！现在一个宝宝哭声嘹亮，另一个在吃手手，我好幸福！从现在开始，守护最美好的你们。”

隔着屏幕，我们都能感受到张杰对孩子、对谢娜的那份最真挚的爱。

都说有一种幸福叫作张杰谢娜，他们相恋十年，结婚七年，到现在，张杰和谢娜依旧如恋爱时那般甜蜜，谢娜在外人眼里不管有多大大咧咧，但在张杰眼里她永远都是需要保护需要宠的小女孩，她是他的公主，他是她的王子。

他怕谢娜走丢，买了一个氢气球绑在谢娜的包包上，他说这样就可以在拥挤的人群中一眼就能找到谢娜；他会在每天晚上睡觉前给谢娜讲小熊的故事，直到哄她睡着；他会为她学着下厨，每天变着花样做着营养餐；他会因为要和谢娜一起唱歌，便把《何必在一起》

歌词改成了："我们要在一起，我会爱着你。"

《何以笙箫默》中有一首歌，是张杰的《my sunshine》，其中有一句歌词是写给谢娜的："一定站在最显眼路牌，等着你回来。"

你看啊，真心爱一个人并不是嘴上说说而已，那些情真意切的爱会体现在一点一滴的生活里，爱一个人就是我愿意为了你，倾尽我的全力，但也会为了你，做更好的自己。

你再看啊，遇到了那个对的人你根本不需要费力讨好，他也会全力对你好。有时候，我们不是遇不到这样的爱情了，只是我们怕了，我们认为年龄大了，怕等不到，怕父母催促责备，只好将就爱情与婚姻。这里说的这个"爱情"，其实根本不算爱情，如果非要戴上爱情这个帽子，那就有点亵渎爱情本身了。

你也许会问在现实生活中能遇到这样一个人吗？你也许也会质疑，但是不管怎样，你还是要相信爱情。谈恋爱这件事，如果没有遇到爱情，我们还是先等一等吧，又不赶时间，又不赶路，又不赶着生孩子。

在我们日常的生活中，相信我们身边很多人的婚姻都是因为结婚而结婚，而不是因为爱情。他们中应该也有着很多个"丧偶式"的婚姻关系，没有共同语言，没有信仰，三观不合，也没有爱。说白了，就是搭伙过日子。

那么，这样的婚姻名存实亡，互相消耗，有什么持续下去的意义？应该多一半是因为孩子的维系和颜面的问题吧。

其实，如果能遇到那个合适的、对的人，晚一点又何妨？年少时的我们不懂爱情，我们晚一点再遇。那时，我们已经卸下了捂脸的骄傲，收敛了浮躁的心境，也便更懂得了爱情和珍惜的含义，这样的我们才能给对方最好的陪伴。

我常常在思考，究竟什么是爱情？什么是婚姻？我所理解和羡慕的爱情是：你脸上的笑比泪多，你会因为他学会打扮，学会化妆，不是你没有自信，而是你想把自己最美好的一面呈现给他；你会多学习多读书多考证，从内到外提升自己；你会渐渐地改掉自己的坏脾气，让自己变得更优雅大方；你也应该会在乎他的一举一动一言一行，他感冒发烧，你会心疼焦急；他熬夜不按时吃饭，你比他妈妈还唠叨啰嗦；他身边出现了一些女孩子，即使他们没有任何关系，你也应该会坐立不安茶饭不思……当然，他也如此，他会担心你出门走丢，会在你每个月的那几天给你揉肚子煮姜糖水，会带你看蓝天白云、晴空万里，会在你受委屈时心疼你，然后抱着你说：你只管做你自己想做的事，其他的一切交给我。你有我。

有人说：婚姻是爱情的坟墓。这句话其实太笼统太片面，有爱的婚姻好的婚姻互相成就的婚姻是天堂，只有那些整天一地鸡毛"丧偶式"的婚姻才是坟墓。

余生，我愿你，能够遇到那个有趣、有爱又"可爱"的人，共度。我也想让你知道，嫁给爱情的你，有多美，有多幸福。

有关青春的日子，我想和你聊聊 |

7月20日，我受邀给小考拉400多名读者作了这次关于"青春与写作"话题的分享。那么今天，我把这些在考拉分享课上讲过的东西及自己这么多年来积累的一些经验和想法进行了再一次的整理，分享给同样热爱文学、热爱写作的年轻的你们，我想和你聊聊，有关青春的日子。

那么，接下来我列了六个部分与你们分享：

1. 如何坚持自己的爱好和梦想？

2. 如何写一篇结构紧凑、能打动人且有自己文风特点的文章？

3. 如何抒发情感和阐述思想？

4. 如何面对生活中、写作中别人对你的质疑和打击？

5. 写作怎样改变了我，给我带来了什么？

6. 如何平衡工作、生活和写作？

壹：如何坚持自己的爱好和梦想？

我相信对于每一个热爱文学的人来说，更大范围来说是热爱和热衷于生活中一切美好的东西的人来说，应该都想坚持做自己想做的、喜欢做的事情，但我也相信，很多朋友可能也会常常三分钟热度坚持不下来。比如说：健身，跑步；比如说，学习一门技能；比如说：写文章，学摄影等等。

如果这样，你要想清楚，你想要什么？你想过怎样的一生？是一眼就能看到头的生活还是想要过得精彩、充实？别给自己找借口，说做什么事情没时间，无非就是一个字：懒。你都无法自律，无法让自己坚持去做自己热爱的事情，那么你还谈什么你有多喜欢这件事多喜欢看书写作？你这不是自己打自己脸吗？

所以说，有时候，当某件事做到瓶颈期的时候，我们可以给自己放个小假，放松自己，但是千万别三天打鱼两天晒网。行动这件事，从来不需要等到什么好天气好状态，此时此刻就是开始。当你觉得为时已晚的时候，恰恰是最早的时候。不要觉得自己年龄大，什么也做不好，当你行动起来了，就说明你离成功进了一大步。如果你都不知道自己要什么，别说你没有机会。

贰：如何写一篇结构紧凑、能打动人且有自己文风特点的文章？

1、如何定位、找准适合自己的写作类型？大家在写文章时一定要培养自己擅长的文风，这就相当于给自己树一个品牌，并不是所有的文章风格都适合所有写作者。比如说：有的人更擅长写诗歌或散文，但他不一定就适合写新闻稿、论文等。这个时候，你就一定要找准适合自己的文风类型和方法。当然，你也可以学习和尝试新的文风，但前提是你一定要感兴趣。兴趣是人类的第一位老师。但是，切记：不要盲目地完全模仿。

2、培养你的写作能力、学习能力、阅读能力、思考能力。如果

贾双凹 毕淑敏 杨煉亭 尚云儒等联袂推荐

明 天 更 好

只是出于兴趣，只想写写随笔和日记，那怎么想就怎么写好了。但是，如果想进一步提高自己的写作能力并被更多人认可，从而提升自己或者变现，那么你就得不断充电，只有输入了才有东西输出，写作是长久坚持的事情，并不是一蹴而就就能成功的。学习的同时还要学会自我思考，才能走到别人的前面。去分析大号的一些文章，分析他们的文章亮点在哪里，能打动人心的故事和段落别人是怎么描写的。要学会总结。

还有个建议，那就是在阅读中一定要大量搜集和整理优秀段落。一个日记本整理一个类型的摘要，按哲理、历史、情感之类的分开整理，做好资料整理并吃透。当然，这些读书笔记并不是要我们去摘抄书中的句子，而是要我们用自己的语言来阐述书中的核心内容和观点，最好能加入一些自己的想法与感悟。

3、取一个能够吸引人的爆款标题。一个好的标题是一篇文章的脸面，是读者打开文章的敲门砖。

那，为什么要花心思来取一篇文章的标题呢？这个时候，有人可能会认为：我只要内容写好了就可以了，为什么还要在标题上浪费时间。相信我们很多人从高中写作文时老师就告诉过我们"题好文一半"，那么一个好的标题、合适的标题，就能让你的文章闪闪发亮。但是，一定要切记：千万不要太夸张或夸大，信息要准确，要符合阐述的内容。标题和内容要相符。文章不管写什么，一个好的标题真的能引起读者的好奇心。可以疑问句的形式，也可以自问自答或者感叹句等方式来取标题，这样也不至于你文章的标题没亮点。

4、写作时逻辑一定要清晰明确，要明白你在写什么，要让大家看到什么，脑袋里一定要有个框架，不然你想怎么写就怎么写，写着写着可能就不知写哪里去了，长而乱，容易写偏，这种情况相信很多写作者都遇到过。写作前给自己一个简单的大纲，然后根据大纲走，再润色，这样你的文章就会显得生动形象。写完之后一定要多读几遍，修改再修改。

最后，你要了解你要写的文章的类型的三要素是什么。比如散文：抒情、哲理、内在音乐性是散文诗的三个要素。人物描写，抓住人物的关键和主次。

叁：如何抒发情感和阐述思想？

对于想要开始写作的人来说，最关注的问题往往都是"如何开始写"，但我觉得比这个问题更重要的应该是"为什么要写"。不管做任何事情，"Why"一定先于"How"，因为"Why"给予我们的是方向和目标，有了方向和目标，我们才能对"How"进行有效的评判。

我自己看来，写作的目的大致可以归为两类：抒发情感和阐述思想。它们实际上代表的是人类的两大精神需求，人类对艺术和科学的不懈追求就是这两大精神需求的重要体现。它们代表了人性的两面：一方面我们的社会性使得我们渴望与他人连接，而产生连接最好的方式就是通过分享去体会和感受彼此内心的情感；但另一方面，我们的大脑对周围世界充满好奇，总想知道为什么，渴望找到事物的内在规律，前者是艺术的内在动力，而后者则是科学的内在动力。

当然，如果你是一个思想有深度，善于思考的写作者，你一定会明白，你应该如何来抒发你的情感，并把这种由内到外的情不自禁刻画到淋漓尽致，你的故事，你的思想，在读者读完后，一定是能够引

起强烈的心理共鸣的。并且，你要明确你写作的方向和目的，因为利益营销，还是纯文学？你要自己先弄清楚。否则，你自己都会乱。

所以，在开始写作训练之前，我们有必要先明确一下自己写作的目的，因为这两种类型的写作训练的是大脑的不同潜能，关注点也有所不同。文学类写作更感性，它关注的是文字本身的美以及这种美所能激发出的情感，而论述性写作更加理性，它关注的是思维和论述过程，强调逻辑。不过说实话，如果过去没有大量文学类阅读作为积累，这个时候再去训练文学类写作，似乎有点晚，因为那些有着很好文学素养的人，一般都是从小就热爱阅读，并且读过大量文学作品。但是逻辑思维能力不同，它并非大脑先天自带的功能，而是需要依赖后天的训练。

肆：如何面对生活中、写作中别人对你的质疑和打击？

亲爱的朋友，你为什么要去在意别人的看法和说法呢？你就是你，那个独一无二的你。你不是人民币，你做不到让人人都喜欢你。你尽管做好自己就可以了。在生活、工作，包括写文章时，相信我们每个人都遇到过质疑、讽刺、挑拨离间、下井落石，但是，你要记住，你就是你，你没有做伤天害理的事，你没有背后说人坏话，你没有背叛道德和底线，你还是依旧自信与善良。对，我们每个人一定要保持善良，因为善良是我们最后的底线和原则。他人打击我们，我们没有必要回击回去，置之不理即可。我们不能以小人之心度君子之腹。

大家应该都知道郭敬明郭老师，郭敬明出道十年，围绕他的争议从来就不曾间断：炫富、抄袭、自恋……然而，大家不得不正视的事实是：这个27岁的年轻人，带领自己的团队，在一年时间里创造了近3亿元的财富，属于郭敬明自己的商业版图正慢慢展露出雏形。面对媒体，郭敬明给自己的成功这样作总结："我的成功天经地义。"

所以说，不要太在意别人所说的难听话和质疑，默默做自己，去努力学习、努力学技能，努力挣钱，当有一天你的付出得到了回报或者你变得更优秀，那个时候你还会在意这些吗？质疑诽谤你的人无非心里有两种想法：不如你，也不想让你变得更好，因为他看不惯，他本身就是一种不上进没目标的人；比你厉害，他害怕你超越他们，所以质疑声就来了。

伍：写作怎样改变了我，给我带来了什么？

其实写作给我带来了很多变化和影响，五岁的时候，我就特别喜欢文字和唐诗，当然这个和家庭的熏陶密不可分。我的父辈都是文学爱好者，家里藏书很多，旧的都泛黄了，我爸也舍不得卖掉，我爸格外珍惜这些宝贝，这也对我的今天有着很大的影响。

虽然我高二学的是理科，大学学的也是工科，但我一直以来都没有忘记写作和读书，我不能让我的空闲时间像别的同学一样在看肥皂剧、打游戏中度过，所以我今天所获得的一切都应该感谢一直努力和坚持的自己。如果我上学期间或者工作之余，我没有合理利用我的碎片化时间、我的空闲时间，那么就不会有今天的我。

今天，我顽强、我坚韧、我自强不息、我乐观、我自信、我有目标有想法，并且敢去做，我在30岁前完成了很多人不敢想也不敢做的事，我在30岁前也实现了自己的部分梦想，现在的我将继续着我的"读万卷书、行万里路"的信念，因为我想成为那个更好更优秀的自己，然后尽自己最大的能力，为社会、为需要帮助的人们做

赛亚巴·毕淑敏·杨娱庭·肖云儒等联袂推荐　　明天更好

点事情。所以，我也希望你，同我一样，有梦为马，不负韶华。

陆：如何平衡工作、生活和写作？

那就要利用空闲时间了，合理利用碎片化时间，去做自己想做的一切。其实，下班后睡觉前的几个小时，是你用来学习和进步的最佳时间，是人和人拉开距离的黄金时间。你该怎么做，前面我们有讲过。

最后，和大家分享一句哈佛大学的经典语录：投资未来的人，是忠于现实的人。

也许我身边很多90后的同龄朋友们都会觉得我很励志，也很努力，觉得我会怎样怎样，有着怎样的光芒等，但其实我每天都过得战战兢兢，我不敢有丝毫的怠慢，我觉得我还得更加努力，我从来没有高估过自己，我不敢高看自己。

因为我身边比我优秀比我还努力的人很多，我还得继续奋斗，其实我做得远远不够，真的还不够，我一直认为自己并不是一个有才华的人，也不够聪明。

这个世界真的不缺聪明人，而是缺少那种一根筋，就是认准一个目标就不放弃的人。我应该就是靠着那一根筋才走到了今天。很多事情，只要努力了，都会有结果，不管这个结果是好是坏，如果你努力后，你成功了，实现了自己的梦想，那当然再好不过了，但是如果没有达到你的预期，或者失败了，那又有什么呢？这些磨难和你所付出的辛苦，都也将会是你这一生中最宝贵的财富。

如果你不去努力，妄想天上会掉馅饼，妄想你会成功，这种人其实是最傻的，这种不劳就想收获的人其实是最不聪明的人。就像我的新书里写的：从来没有一种成功可以一蹴而就。人生走的每一步，其实都不会白走，你走的每一步，也都算数。

在生活中，包括正在阅读这篇文章的你，我相信你们很多人也都是有梦想的，但是却有很多人正在逐渐地偏离自己最初的那个方向，这是为什么？因为这类人往往做不到持之以恒，做不到吃苦耐劳，做不到的事情太多了。其实，你们很多人都比我聪明，比我的成长背景、家庭条件要好得多，如果再加上自己的努力和坚持的话，你们一定会更出色，所以，我们想做一件事的时候，一定要去坚持，一定不要放弃自己，哪怕五年十年，他一定会给你带来巨大的回报，一定会让你变得和现在不一样，也会带你走向更好的自己。

此外，你一定要热爱你的生活本身，即使你现在处于低谷甚至水深火热的地步，你都不要气馁，更不要放弃自己。你也一定要阅读，要学习。读书，是一种富养自己的最好方式，进，可在职场中披荆斩棘，顾盼神飞；退，可以与自己安然相处，活出诗意。并且，你读过的书和你走过的路，总有一天会给你带来好运气。你也不要认为当下读书没用，你要知道，书到用时方恨少，你读过的书真的能帮你很多，不管何时何地，它都会在无形中提升你的气质、学识、技能和素养。

所以说，利用现在空余的时间，多多投资自己，给自己多一条出路，万一哪天失去了现在的饭碗，你也不至于太落魄，因为那个时候，你在你所热爱的其他领域已经足够优秀了，你完全可以骄傲地、自信地、全职地快速投入到另一个行业中。但是，此时此刻，当你的爱好还不能支撑起你的梦想，还养不起你的时候，你一定一定一定要去学习。

记住：投资未来的人，是忠于现实的人！

赛平凹·毕淑敏·杨绛争·肖云儒等联袂推荐

明 天 更 好

红 |

　　我喜欢红，尤其是中国红，也就是大家所说的绛红色。我总觉得中国红比任何红都更为庄严更有生命。这种红是用生命的血染成的，是用肉铸成的。这种红红得让人心生疼。

　　红也是所有色彩中最靓丽最喜庆的颜色。它如玫瑰般娇艳，把两颗爱着的心紧紧地系在了一起；它是青春洋溢的少年，用年轻的脚丈量着前行的路；它是一种坚定有力的信念，让深陷迷茫和瓶颈的人们找回迷失的自己。它是一种非常美的颜色，在中国人心中，自己的心是中国心，祖国是红色中国，正红色也为中国红。

　　中国红是中国人的心脏，中国人的魂魄，它是中国文化的底色，弥漫着浓得化不开驱不散的中国情结。它象征着热忱、奋进、团结的中国人和伟大的中华民族，它汲取了朝阳最富有生命力的色素因子，采撷了晚霞最绚丽迷人的光色，沸腾着血液最稠最纯的成分，糅进了相思豆最细腻的情感。它的红是华丽的，是高贵的，是热烈的，是最性感也是最感性的。

　　是的，红色代表着正在冉冉升起的太阳，象征着我们中国少年之茵茵朝气，中国青年之昂扬斗志，中国中年之气宇沉着，中国老年之晚年安详。

红，是最纯的色，它往往比白更纯洁更多情更深情更有魅力，也更富有诗情画意。它就像是一个魔术师，将手中的画笔往哪儿一挥，哪儿便有了春的柔和，夏的炽热，秋的深情，冬的甜蜜。这种味道甜甜的、粉粉的、红红的、也香香的。

择一个有阳光的春日，穿上白球鞋，牛仔裤，大红的衬衫，带着满心的满眼的温存和爱意去寻一撮最美的红。你看啊，巷子深处的老房子墙头翘出来的一簇簇火红火红的石榴花，是不是就像一个个喜庆的小灯笼呢？指尖轻滑在翠绿的叶子间，最后停留在这似火又似红宝石的花蕊尖儿，轻轻拈起一团绛红的花蕾，鼻尖忍不住往近凑了凑。呀，真香甜呀。一瞬间，一股淡雅的带着麦芽糖味儿的香气扑鼻而来，甚至顺着我的毛孔渗了进去。很快，我的身体，连同我的骨骼便一同酥软在这炽烈的火热中。驻足久久，不舍得走开。

再寻一个载着相思与爱恋的深秋，掐个合适的时间点，换上柔暖的毛衣，红色的羊毛呢子大衣，携上泡着红枣、枸杞、桂圆的保温杯，去山涧、去丛林最深远的地方去品秋，去鉴秋。你看啊，那漫山遍野的红红的枫叶，如霞，醉了红尘，横空铺笺写下了一季的感动；如绸，拨动了心弦，砚墨命笔描绘了一世的沉浮；如火，燃烧了欲望，伫立凝思破碎了一树的清梦。

叶子红得可爱，红得鲜艳、红得矜持。和着我的红色呢子大衣，连同我杯子里的红大枣、红枸杞，在这一树树红得流光碎影中渲染开来。一瞬间，我的杯子里的水也被染成了这秋的红，秋的苍劲，

秋的形状。一片、两片、三片，一树、百树、千树，都满满地挤了进来。倘若你在我的不远处，刚好带了相机，你一定会迫不及待地将这火红的枫林和火红的我捕捉进你的镜头里，你一定也会被这层林尽染的红陶醉。那一刻，你置身于它们之间，恐怕连你自己也变成红色的了。

我喜爱红，痴迷红，也更爱红色的衬衣、红色的连衣裙、红色的呢子衫。我生来皮肤白净，再加上我更偏爱这绛红色的衣裳，显得我更白净，更有精神头。我偏爱红，是真的，但并不只是穿衣打扮这么简单，我更爱它深到骨髓里的激情与斗志，揉进血肉里的柔情与热烈。若不是这样，不然怎会有白居易的"一道残阳铺水中，半江瑟瑟半江红"？不然怎会有岑参的"纷纷暮雪下辕门，风掣红旗冻不翻"？不然怎会有杜甫的"桃花一簇开无主，可爱深红爱浅红"？不然，怎会有杜牧的"停车坐爱枫林晚，霜叶红于二月花"？

更不然，人们为何将这绛红色称为中国红，作为中国色呢？中华人民喜爱红，不仅是因为它红得纯正与坚定，红得好看与炽烈，更是因为中国的历史就是一部红色史记，承载了国人太多红色的记忆与希望。

红是我的魂，是社会的魂，更是我们祖国的魂。

如果你也喜欢红，不单单是粉红、橘红、桃红，也爱中国红的话，那么我祝愿你此生都有好运气，我也相信红会给你带来一路繁花一路春水。如果有奇迹发生，如果奇迹有颜色，我想那一定是中国红！

谈钱色变

很早以前，我就在构思着这篇关于"谈钱色变"的文章，所以在下笔写这篇文章前，我特意查了"谈性色变"的相关资料。我总认为"谈钱色变"和"谈性色变"是有一定关联的。比如：都会变色。

"谈性色变"是从成语"谈虎色变"中化用而来的。谈虎色变，出自宋•《二程遗书》卷二上："真知与常知异。常见一田夫，曾被虎伤，有人说虎伤人，众莫不惊，独田夫色动异于众。若虎能伤人，虽三尺童子莫不知之，然未尝真知。真知须如田夫乃是。"用来比喻一提到可怕的事就情绪紧张起来，连脸色都变了。

"谈性色变"是指中国式的保守教育，教师和家长在教育学生和孩子时，一谈起性就紧张得不得了，讳之莫深。

那么，"谈钱色变"也是这个理，当你遇到困难的时候，你就会明白这个道理。最亲的人可能会因为谈钱而崩裂，朋友可能会因为谈钱从而结仇，婚姻也可能会因为谈"彩礼钱"让本来欢天喜地想要组成小家的男女变成分道扬镳的陌生人，甚至是仇人。

那么，"谈钱色变"也是这个道理，当你缺一次钱的时候，你

贾平凹·毕淑敏·杨娟举·尚云儒等联袂推荐　明天更好

自然会明白这个道理，你一定会明白。

那么，何为"谈钱色变"？我给你讲个故事吧。

上周好友李沁看上了一套带有花园和音乐喷泉的小洋房，小区环境优美，房子空间利用得也很好，虽说户型小了些，但丝毫不影响居住。用李沁的话来讲：麻雀虽小，五脏俱全。

随后，好友沁开始准备各种申请资料，甚至摇号时在外地出差的她都准时准点地观看房管局摇号的现场直播。她运气很好，一下子就摇中了，而且数字是66，是她的幸运数字，也是她最喜欢的数字。

她在心里算了下，自己卡上的存款加上借给朋友应急的那几万，再借一些应该没问题。她开始一边凑钱一边给朋友发消息解释自己急用钱。可就是通过这次借钱、要账事件，让她彻底地明白了一些道理。

她发消息给朋友，朋友回复说她老公最近刚好投资了一个项目，把所有的钱都投了进去，取不出来。朋友老公接过电话斥责道：你现在又不结婚，你一个女孩子买什么房子，女孩子嫁一个好老公才是最重要的，反正有人养着。朋友沁忍着心中的怒火尽量让自己平静下来，她在电话这头都能感受到电话那头"谈钱色变"的脸，她尽可能地压低声音讲：我买房是我自己的事，你都在投资项目，我也想投资自己，我们观点不同，也不用多说，我明天就要选房了，你看……

挂了电话，李沁深深地吸了一口气，从头到脚都觉得冷。她下意识地环着双臂抱了抱自己，望着这黑压压的夜发起了呆。

手机微信震动了几下，她指纹解锁看了一眼，表姐和几位平时不太熟的朋友发消息问卡号是多少，要转账给朋友应急。还有一位认识才几个月的大姐，直接转来两万，并留言道：沁妹，别急，姐手上钱也不多，但知道你现在困难，这点你先拿着，姐再想想办法。无论你干什么，姐都支持你。懂得投资和独立的女孩最美。那瞬间，李沁的眼眶红了，她仰起头不想让眼泪掉下来，可没忍住。

再给你讲个故事吧。

我有个读者今年上大三，前段时间学校开学要缴学费，可他的父亲生了重病住了院，母亲日夜操劳地照顾父亲，结果营养跟不上也病倒了。眼看就要开学了，学费没法交，父母的医药费也没着落，读者朋友急得焦头烂额，只好硬着头皮打电话向亲戚借钱，结果亲戚一听是借钱，马上变了脸色，心直口快地说道："你爸生病我也知道，你让你爸照顾好自己啊，叔最近也没钱啊，你也知道你家情况就这样，你借了你还还是你爸还啊。"说完便挂了电话。

后来，读者朋友在给我讲这个故事的时候，依旧很气愤：不借就不借，还说得那么冠冕堂皇。人生病在病床上躺着，你怎么让他自己照顾好自己？现在的社会人情味越来越淡了。

是啊。贫居闹市无人问，富在深山有远亲。

所以，正在阅读这篇文章的朋友们，别总以为你身边看起来和你嬉戏玩闹的都是"真善美"，也别总以为你所谓的"朋友"很多，"恋人"很好，"亲人"很相爱，当你遇到麻烦陷入困境的时候，你身边还有几个真正爱你的人和你在一起想办法解决？

你身边还有几个你认为的所谓的"铁哥们"为你两肋插刀一起扛风淋雨？你的朋友看起来很多，今天这个喊喝酒，明天那个请吃饭，

明天更好

但是，哪几个是真正把你当朋友的？你闭上眼睛问问自己！

都说谈钱伤感情，凡事只要不涉及钱的时候一切都好说，但凡一涉及钱，这个社会便没了人情，人与人之间便没了信任度。

在生活中，谁都有急需用钱的时候，如果人人都自私、不信任，甚至"色变"，那么这个社会会成什么样子？

所以，当我们出现突发状况陷入困境的时候，没人想成为那个低三下四恳求帮助的人，也没人愿意被贫穷压得面目全非，人人都想要体面的生活，人人都想成为能主宰自己命运的人。那我们是否能得出这样一个结论，那就是努力赚钱，加油赚，凭最大本事尽量赚。

你可能会反驳我，话不能太绝对，应该也会有一部分"知足常乐"的人会说：我要那么多钱做什么，我现在不也活得快活得跟神仙一样。这部分人的生活可以用"与世无争"四个字形容。其实，好听的话是这样说，不大入耳的就是"不求上进"。当你遇到事，需要到处求爷爷告奶奶低三下气地去借钱还借不到的时候，你就会明白"知足常乐"的真正意义了。

谈钱色变，想必大家都遇到过，那么，努力让自己增值并拥有赚钱的能力吧。这是尊严，也是对生命最好的尊重。

老妇人和棉花袄子

那年的她，是一个生在北方长在北方一辈子没有踏出过县城的农村老妇人。五十有余的年纪，免不了岁月在她脸上刻下的无数条沟沟壑壑。她的手背上满是裂痕，凸起的褶皱就像是北方荒漠上白杨树老去的皮，惹人心生怜惜。

那年的她，是一个在北方冬天的一座小县城呱呱落地的婴儿。这孩子白润肤嫩，肉嘟嘟的小脚随着响亮的哭声乱蹬着。

婴儿的母亲是一位很年轻的妈妈，第一次为人母，经验和奶水都不足。北方的冬天又干又冷，年轻妈妈整个月都在被烧得热得发烫的土炕上休养。孩子就在妈妈身旁，打着鼾，睡得很香。

北方的冬天冷风刮得厉害，寒霜和冰条子挂满了树梢，也悄悄爬满了院墙上的瓦砾。人们个个裹得严严实实，生怕这烈风刮伤脸，冻着孩子。

那个一辈子生活在这小村子里的老妇人在年轻妈妈出月子的那天，挎着一个大大的包袱来了。她的头上还挂着清早的寒雾冷皑，冻得通红的发瘦的双手来回搓着，穿着单薄的她在这大大的厚厚的包袱映衬下，显得更瘦小了。

一进房门，老妇人便顾不得掸掉身上的灰尘，一把解开交叉绑着的花包袱，像是变戏法一样变出十几件手织毛衣和棉花袄子，有大人的，有孩子的。

"妈，你又做了这么多棉衣，去年的还没穿完呢。"年轻妈妈嗔怪道。

"娃啊，这是咱们家新种的棉花，妈把它晒得干干的，暖暖的。我娃儿们穿上一定暖和。"妇人一边说一边往外拽这些碎花棉袄子。

老妇人用那双枯树皮般的双手拽出一件件印满小猫小狗小碎花的绸缎棉袄，笑盈盈地抱起婴儿，她抚摸着婴儿粉嫩粉嫩的脸蛋，喃喃自语道："小宝贝，你看，外婆给你做的袄子好不好看？这下我们宝宝就不怕冷喽。以后呀，我们宝宝年年都有新袄子穿喽。"

一年又一年过去了，这个婴儿慢慢长大了。她上了小学，上了初中。每年冬天，她都会穿着老妇人新做的花棉袄。她的棉花袄子在同学中最好看，样式也最新颖。

后来，妇人渐渐老了。岁月如流，时间如逝，妇人的视力变得模糊了，背也不再挺拔了，走起路来步伐也越发蹒跚了。孩子们都劝老妇人，年龄大了，没事就多歇息。

可妇人偏不，为了能给当年的那个婴儿多做几件厚厚的花棉袄，老妇人从炎热的夏天做到了寒冷的冬天。由于眼睛不好，老妇人只得戴起了老花镜，尝试着一次次穿针。她一手捏着针，一手撮着线，一次次试图将红色的线穿进针孔里。一次，两次，三次，四次……第五次，终于把线穿了进去，一瞬间，一朵茉莉在老人脸上舒展开来。

就这样，老妇人在视力还能将就的情况下又给当年还是婴儿如今早已亭亭玉立的高中女生做了许多件花棉袄，件件袄子都不一样，无论是领口的设计，还是襟前的扣子，都缝制得匠心独到。老妇人欣喜地把这一件件暖和的棉花袄子给这个孩子送来，孩子瞥着看了一眼，用手随意地拿起来，像是触了电一样又立即扔下。

"这样子好土啊，我们班同学穿的棉衣都是买的，既保暖又好看，还轻盈透气。你以后别做了，没人穿，这早都过时了。"孩子嘟囔着说道。

"好好好，以后不做了，娃呀，你快试试，看穿着合适不？"老妇人干瘪的枯黄的脸上挤出一丝笑，讨好地对孩子说。

"好吧，我回来试试，我还有事，约了同学。"孩子说完便出了门。

"以前你不是说棉花袄子最暖和吗？我娃都穿了十几年了呢。"老妇人红着眼低着头喃喃自语地叠好了袄子，整整齐齐地放在孩子床头。

不久后，老妇人生了场大病，全身瘫痪，走不了路，说不了话，只会咿咿呀呀。冬至的时候，天更加冷了，家人想给老妇人找件厚的棉袄和毯子，可当大家打开老妇人房间衣柜时，一下子惊住了。立在墙角的老式衣柜里塞满了给这个孩子做的花棉袄，共七八件，旁边还有个泛黄的日记本。日记本的扉页上歪歪扭扭地写着：柜子里一共有八件新棉袄，都是我给娟儿缝的。娟儿这孩子从小身子弱，怕冷，以后我不在了，娟儿也有花袄子穿。我们家娟儿最好看了。娟儿，要好好学习，要听你爸妈的话。

再过了不久，老妇人在一个夜晚，睁着眼走了。她放心不下她的外孙女娟儿。

是的，故事里的婴儿是娟子，故事里的孩子还是娟子，故事里的老妇人是娟子的外婆。

老妇人什么也没留下，就留下了这满柜的棉花袄子。全是给娟儿的。

女孩，你要学会善待自己 |

韩风是一个才华与英俊并存、成熟与理性共济于一身的男人，他在职场上如鱼得水，混得风生水起。可是，人往往就是这样，在一方得意之时，必有一方稍有失意。韩风有一个喜欢他多年的女性朋友，但韩风并不喜欢她，用韩风的话来说："我们不可能，没有话说，但她根本听不懂我在说什么。我知道她对我好，我很感激她。但是感激和爱情不一样。"

有一天，韩风在一次文化交流会上遇见了现在的女友，他平时那么高冷挑剔的一人，在遇到他的女朋友后，他的一切都变了。他不再在深夜感到迷茫躁动了，他不再对爱情质疑了，他被她的生活方式、乐观自信和执着上进所打动，她更像一朵出淤泥而不染的青莲，他只想保护好她。他们一见倾心，感情也在短时间里迅速升温，他带她去见了他所有的亲戚朋友，骄傲地介绍道："这是我媳妇儿。"他带她去了她想去的晴空万里，四天去了三个城市，只因为她喜欢；他在深夜十二点忙完所有的事情后在高速路口一辆辆地寻找能够捎他去 C 城的过路车，终于在夜里三点乘坐各种交通工具到达她所在的 C 城，只因那天晚上她心情不好，他放心不下；他们同声自相应，同心自相知，他们不仅爱对方的外在，更懂得对方的不易。他们互相看对方的时候眼里尽是温柔，他们的关系也好得不得了。可是，问题突然来了，喜欢韩风的那个女生得知他有了女朋友之后，便质问韩风："你为什么不喜欢我？她那里比我好？为什么、为什么？"这位女生甚至打电话给韩风的女朋友，要求他女朋友离开他。她一边施硬，一边软磨，她一边发消息祝韩风幸福，一边极力拆散他们。

故事的结尾当然是好的，毕竟韩风是一个有想法有主见有意识也分得清主次的独立人，他的女朋友也是个知书达理的聪明人，她选择相信韩风。但是，像这种一边祝福对方希望对方幸福一边又恶语伤人用力去伤害对方及对方伴侣的行为其实是最不可取的，也是最无知最冲动的表现。不喜欢就是不喜欢，没有理由没有道理可讲，既然对方不喜欢你，明说了不会和你有结果，那么乞求来的"爱情"又怎能幸福呢？对，永远都不会幸福，因为就算被强迫在一起，你们之间也可能只有性，没有爱！爱是什么？是心疼，是懂得，是在一起时可以像个小孩一样真正做自己，是可以随意任性、撒娇、大笑和哭泣，是不能自控无法自拔的一种感觉和情不自禁，当然，爱也是一种放手和祝福。

其实啊，这个世界上最傻的人就是跑到不喜欢自己的人面前，质问他："为什么？为什么不喜欢我？你为什么不和我结婚？你为什么不要我？"亲爱的姑娘，你要知道，喜欢是两个人的事情，与你一个人无关。一意孤行地去爱，说得好听是痴情，说得难听是死皮赖脸。趁青春正好，不如归去，善待自己，让自己成为更优秀的人。

明天更好

在听到这个故事的时候，我只想写下这篇文章，告诉那些为爱情单方面犯傻的姑娘们：这个世界总有人不喜欢你，也有你不喜欢的人，不管你有多好，不管对方有多好，但不喜欢就是不喜欢，与你的好坏无关。在感情的世界里，谁都苛求彼此不得。不管是男生还是女生，一定要懂得自重自爱，一定不能让自己爱得太卑微、太低贱。千万不要用无数次的折腰，乞求换回一次正眼相看；千万不要寻死觅活地想要拆散对方，还以爱的名义告诉对方说我爱你；千万不要见人就咬，否则你和疯狗有什么区别？

莫言曾经说过：咬人的，你不能说它是坏狗。狗总是要咬人的，这是狗的天性和使命。也就是说，在盯着别人的同时，还要看到自己的不足。你的无数次回眸，未必能换来一个擦肩而过；你的千万次驻足，未必能换来他的一次停留。爱情的事很复杂，爱是一种感觉，是源自内心深处的情不自禁，是我愿意宠我愿意看你闹，是你受伤时我会心疼，你失落时我比你还难受，你开心时我也开心。

爱是一种能力，爱人更是一种能力，光有爱远远不够，先学会爱自己才是我们最应当要抓住的东西。

电影《无问西东》里的许伯常和林淑芬的故事太点睛了，也是无爱婚姻的映射，更是无数个当今社会很多个"丧偶式"家庭的真实写照。

一个有文化温吞怯懦的丈夫，一个剽悍狂躁的妻子，囿于四角庭院里的柴米油盐和嬉笑怒骂。

林淑芬看似是有话语权的强者，她供养丈夫上大学，逼迫其与之结婚，婚后略显暴戾，可以因为一封无名信就打丈夫耳光，她掀起斗争王敏佳的风波，像征战率兵的妇好，骁勇，果敢，粗蛮，霸道。可她明明知道，丈夫不爱她，他们家里所有的东西都是分开的，丈夫甚至宁愿用碗喝水也不用她的杯子。她在这段无一点关爱的婚姻里掩埋了自己。

"你让我觉得，我是世界上最糟糕的人。"她对他说。可是他不在乎。他觉得自己更委屈，因为他根本就不爱她，他觉得这种婚姻很痛苦，生不如死。

其实啊，一个女人的悲惨不过于此：比丧夫更可怕的事情是，丈夫还在，你在他的眼睛里可以看到邻居、学生的身影，却再也看不到你的身影。无爱的婚姻多可怕！

无爱，多可怕！

我有个读者给我留言：我有个男朋友我很爱他，但是他好像没那么爱我。他从不带我去见他的朋友，从不在朋友圈晒我们的合照。我给他买了很多衣服，送了很多礼物，他却一次都没送过我礼物。我是一个学生，没有太多的钱，但是为了让他开心，我到处做兼职，给他生活费，陪他旅行，可是，后来的一天，他告诉我：他根本就不爱我，只是和我在一起有钱花而已。得知真相的她怒气冲天，不得已离开了这个渣男。

我想告诉我的读者：有的人天生是来爱你的，有的人注定就是来给你上课的。

都说爱情应该是无私的，爱一个人就应当全心全意地对一个人好。可是，当我们对爱情里的那个人倾其所有的时候，我们是不是也应该对自己好一点，多爱自己一点？是不是也应该学会善待自己呢?

很多人会问,那么爱情到底是什么东西呢? 我们应该如何给爱情定义呢?

爱情这种东西,它并没有大家想象中那么复杂。很多哲学家都认为爱情这种东西,是没有办法解释的,我觉得,这个问题可以这样分析起来:

首先,爱情的组成部分是什么? 当然,爱情是关于男女之间的事情,而且,也只有男女之间才会存在爱情,所以,它就必须包括男人和女人。男女两性是爱情的基础组成成分,因此,爱情里面就必须有男有女。

其次,男女之间,怎样的行为才叫爱情呢? 要说是谈恋爱,也不准确,因为喜欢一个不喜欢自己的人,这只属于单恋,而这种单恋如果程度加深的话就会给自己和对方带来伤害;而谈恋爱是两个人的事情。既然是这样,那它就是一种隐藏在人的心里的一种心理状态了。我们喜欢一个人的时候,心里自然而然地就会有一种奇妙的感觉,这种感觉可以引起我们的情绪变化,它时而让我们开心,时而让们不开心,甚至也会让我们心里变得失落和痛苦,我们会因为对方的一句话一个表情一个态度影响,我们会焦虑、会吃醋、会不安。那么,这在爱情里是什么呢? 其实啊,这是一种心理状态和精神状态,即心理变化过程。

在生活中或在我们的身边,我们经常会问别人,也会经常自问:什么是爱情? 甚至有人会对我们说:你不懂什么是爱情。那么,爱情到底是什么呢? 爱情,它是一个名词,更是一个动词。它是一个关于男女之间的一切居于建立特殊关系的心里活动、行为的统称，也是关系到男女之间一切具有动态行为的动作，它更是一种客观存在的物质。

爱情是两个人的事情，一个人永远无法完成，纵使你千般好，万般好，不喜欢你的人还是无法喜欢你，此外，两个人在一起还应有共性，有相似的气息和三观。其实啊，真的不要再在不待见你不喜欢你的人身上浪费时间了，谁的时间都很宝贵，谁都浪费不起。

我在我去年的散文集《青春是一场没有终点的行走》一书中这样写：时间一定会带你遇见更好的人。请相信，出现过你生命里的人其实都是来陪你的天使，不管是痛苦或者甜蜜，好人或者恶人，不管是谁，都会给你上好一节人生的课，在他们身上，你才会成长得更迅速、思考得更透彻。要相信，命里有时终须有，命里无时莫强求。一切的一切，上天自有定数。

其实想通了，也就那么回事，我们完全可以把它当成人生中的一个小插曲，当成一个屁，放了就舒服了。话糙理不糙，好好爱自己才最重要。

世界上的能量是守恒的，有人不喜欢你，就会有人喜欢你。学会善待自己，自然就会有爱你的白马王子乘着南瓜车来拥抱你。

蓉城，我尤为爱你 |

很早以前，就想写下这篇关于蓉城的文字。蓉，即芙蓉，蓉城，即芙蓉城。相传五代后蜀孟昶于宫苑城上遍植木芙蓉，因此成都也得名芙蓉城或蓉城。

关于成都，大多数人的记忆应该停留在琳琅满目、美女如云的春熙路；素有"美食一条街"的宽窄巷子；全国最大的三国遗迹博物馆武侯祠；全球知名的大熊猫繁育研究基地；古朴典雅、清幽秀丽的文学圣地杜甫草堂等。是的，这些都是天府之国成都的标志性代表。但对我来说，成都有的不仅仅是这些外在的文化底蕴，更让我流连忘返，百去不厌的是它骨髓里的热情与奔放，质朴与高雅，温和与深情。

也许是因为去过成都的次数太多了，从2010年第一次去成都，到今年的2018年，整整八年。这八年间，我大约去过成都几十次，以前是上学、实习，后来巧的是，我所在职的单位也在成都，三五个小友也定居成都，恰巧我也喜欢成都，于是我便有了常去成都的借口，哪怕只是在玉林西路走一走。

成都是我的第三故乡，为什么说是故乡呢？因为除了西安和广元，成都就是我最钟情最充满柔情的一座城市了。广元是我的第二故乡，毕竟我也曾做过几年名副其实的广元人。因为广元也属于四川，因为我钟情于成都，所以导致我对成都及成都周边所有的城市都很喜欢。这里的每座城市都有它独特的文化底蕴和文明史，这种文明让我爱到了骨子里，我能深切地感受到那一座座城市血肉里的柔与真。

每一座城市都有自己的魂，成都当然也不例外。

成都，是一座来了就不想走也走不脱的城市。它轻快明朗，富于生机与活力，就连它周边的其他城市也被渲染上了成都的苍翠，成都的热情，成都的干净与明快。

它们是城市里的一条街，一盏茶，一块砖瓦，一股气韵。一年成聚，二年成邑，三年成都。沉醉于麻辣鲜香的味蕾体验中，沦陷于无限包容的城市情怀中，感受于保守也开放的文化气息里。这座城，快，也慢。咏叹杜甫草堂茅屋为秋风所破，武侯祠赏辉煌三国文化，鹤鸣茶社品成都悠闲生活，四圣祠街感受中与外的文化交融。成都人的方向"抵拢倒拐"，一墙之隔，却是完全不同的风景，上一秒静触大慈寺的古朴与平和，下一秒回归太古里的百变与新潮。这座城市的色彩斑斓不止于慢，淅淅沥沥的麻将声中，穿插着各种时代的星星之火。高树、老屋、黄竹椅，烟雾朦胧下，茶盖碰茶碗，压一口，嗒一声，手一摸，和了，满是喧哗。台上的老生刷刷变脸，不远处的年轻人，飞着滑板来了一段 Freestyle，双方都不觉得违和。成都，缤纷杂乱的城市，还原一个个隐藏的城市故事，让你更深入更懂得更爱慕更珍重这座城。

贾平凹·毕淑敏·杨绛琴·肖云儒等联袂推荐

明天更好

我深深地陷入思索，我将怎样，把我爱的这座美丽的蓉城刻画在白纸黑墨间，才不负它。后来思索了许久，我想我应该从它的魂、景、茶、人来描写可能会更真诚更深邃些吧。我深深地知道，即便这样，关于成都的画像，我还是无法描绘得精致有韵味些，但我会尽力。

锦绣之城——成都魂魄

成都是一座有着精气神儿的城市，是一座灵气、才气和大气相结合的城市。坐落于青羊区的金沙遗址博物馆就是最能彰显成都大气和古蜀文化魂魄魅力的地方。它是在金沙原址上建立的一座遗址博物馆，更是体现四川古蜀文化的最好方式。

2001 年，某房地产开发公司的挖掘机在这里施工时，堆积沉睡了三千年的泥土被翻了个底朝天，眼尖的村民在混杂的泥土中发现了大量的象牙和玉器，金沙遗址便这样被世人发现了。

金沙遗址博物馆有两大展览馆：遗址馆和陈列馆。它们的外形都是斜坡型，寓意着万事万物冉冉升起，象征着太阳与生命。遗迹馆为圆形，陈列馆为方形，一圆一方，天圆地方。两座建筑分别一南一北，与园林融为一体。和朋友四人一同在馆内的 4D 影院观看了《梦回金沙》，电影里讲的是男主角儿是一个从不懂事的孩子在经过金沙古国一次大的灾难后，如何成长为金沙国王的故事。电影中的金沙国特别美，一大片树林郁郁葱葱，阳光从密密麻麻的叶子间隙透进来，打在枝头鸟儿金色的翅膀上，好不漂亮。树林旁边的溪水潺潺流淌，清得能看见水里自己倒影的每一根发丝儿，在微风的吹拂下，飘逸灵动。电影带我们穿越了时光隧道，真真切切地感受到了现代艺术和古蜀文化的完美结合。震动、风吹、雨打、蛇虫以及各种突如其来的声音在这场电影里体现得淋漓尽致，就像我们早已身临密林了一样。有阳光、有溪水、有花香、有蝴蝶，还有猛兽。

在遗址馆中，有一个让人既感叹又震惊的"镇馆之宝"太阳神鸟。金灿灿的神鸟呈圆环形状，金饰上有复杂的镂空图案，外层图案围绕着内层图案，由四只相同的逆时针飞行的鸟组成，精致璀璨。

它是怎样被人们发现的呢？我们带着疑问咨询了馆内的讲解人员。"它的出土过程一波三折。最开始，挖土机因为施工，把它从地下挖了起来，堆放在外面几十天，没有被人发现。然后，由人工把堆放的土回填进去，在回填的过程中，也没有被人发现。因为回填的土，高低不平，要由人工整平，在整平的过程中，还是没有被人发现。最后，是考古人员在进行文物挖掘的过程中，"神鸟"才得以重现天日。太阳神鸟是古蜀人早期部落的图腾，"神鸟绕日"表达了祖先们向往太阳、崇尚光明。

你看啊，千年前的古蜀人骨子里渗出的智慧与灵魂比我们很多现代人都要多得多，也要深得多。我一直在思考，成都的魂魄是什么？是古人艰苦卓绝的意志和向往美好的斗志？是柔和与坚韧的交融？是崇尚文明、尊重生命的信念？不不不，都不对，都不全对，川蜀文化太博大精深，我越想描绘出来就越描绘不出来。

浣花溪畔——诗圣故居的后花园

成都市西门外的浣花溪畔是特别有意思的湖畔，湖畔的两旁是梧桐掩映的林间小道，草长莺飞的时候，溪水波光澜澜，和着梧桐紫粉紫粉的小花儿，在这清香的浣花溪畔来回踱步，手里再捧本杜甫的诗集，一边赏景看花，一边吟诗诵读："两个黄鹂鸣翠柳，一行白鹭上青天。窗含西岭千秋雪，门泊东吴万里船。"身旁的花笑蝶浅飞，溪缓风微微，穿着碎花裙子的你是不是觉得自己很美呢？

往湖畔的左手边瞧去，便是诗圣杜甫的故居杜甫草堂了。草堂静沁养心，描写草堂的文字更是多不可数，我也特别喜欢这片最干净最雅逸的文学圣地，但和后花园浣花溪相比，我更想去描绘这如诗如画、山水交融的浣花溪。

关于浣花溪的诗词很多，让我记忆犹新的是明代诗人钟惺的《浣花溪记》：出成都南门，左为万里桥。西折纤秀长曲，所见如连环、如玦、如带、如规、如钩，色如鉴、如琅玕、如绿沉瓜，窈然深碧、潆回城下者，皆浣花溪委也。

沿着红色的花墙蜿蜒漫步前行，满园子的翠竹就像一个个顽皮的孩童，你争我抢地从花墙的空隙中探出头来，像是在躲猫猫，又像是发现了一个好玩的玩具一般。清风徐来，树梢就飒飒摇摆发出沙沙的响声，让这条伴着浣花溪的小路更静谧了。

我倚着流水淙淙、碧绿清澈的浣花溪畔，一路走走停停。看啊，铁花低墙被金银花藤蔓缠绕，墙内的竹林疏疏朗朗；低调古朴的灰色系建筑，被乌木色的房檐、柱子和窗棂勾画出轮廓；落地玻璃镶嵌在雕花的窗棂上，显得更加清透。抬眼望去，园子里的银杏林、樟树林挺拔婆娑，满园子不见大片的草坪，只有蜿蜒曲折的拼石小路和道旁错落有致、镶嵌相宜的花卉。常青的黄秧被修剪成各种形状，呈弧线种植的杜鹃娇羞而妩媚，白色卵石铺就的溪岸与碧绿的溪水相映成趣，衬着岸上精致的园艺小品，在梧桐树荫下静静流淌。

　　小溪从一座廊桥下淌过，河面顿时变得宽阔，南来的溪流也汇聚于此，形成了一个个小湖泊。在絮儿满天飞的春天，伴着淡淡的甜甜的春的香气，顷刻间，湖面上漂浮着平和与爱的模样。太阳光暖得过了头，我看不清这般如此美好的画面，但我真切地感受到了湖面上波光粼粼，万般闪耀。再看啊，白色鹅卵石铺满了斜坡的河堤，三两顽童互相嬉戏玩耍，白天鹅使着红掌拨着碧波。一刹那，湖面上微波荡漾，一圈圈圆弧从内到外铺散开来。

　　没有看指示牌的话，我还以为这只是草堂外沿途的风景。其实啊，在时间的流逝中，我已经进了另一个大园子——浣花溪公园。浣花溪公园多为坡地，园内规划设计得很合理也很舒服，设计师利用坡地本身的地势，将树木、草坪、花卉铺陈其间，亭台楼阁错落有致。碎碎的花石子路、木石结合的台阶、从斜坡上流淌下来的花海，少了人为的雕饰，不刻意的装饰，显得烂漫又随性，可爱活泼。大片的香樟、银杏、楠木、槐树林各自占领着领地，不管在山坡下、道路旁、林子里都有供游人休息的木凳，面善的老人，热恋的情侣，幸福的一家三五口人，欢乐地聚在这里，尽情地享受着这大自然馈赠给我们的慢生活。他们摆龙门阵、听鸟叫、逗鹦鹉、喝茶、读报、散步、聊天，从容安详，一派天伦之乐。身旁的树冠相接，稍起风就能相互抚摸，它们的树根相连，一起吮吸着养分，默默传递着浓情蜜意，就像树下的那对情侣一般，好甜蜜。我看得出了迷，步子怎么也踱不开来。

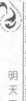
　　浣花溪公园和杜甫草堂相邻，它们有着不同的风格不同的美。浣花溪是杜甫草堂的后花园，它们独有的魅力简直要接天铺地了。在这人美芙蓉城里悄然绽放，出水一般清透自然。

　　蓉城的空气不像北方那样干燥，蓉城的空气是湿润的、甜甜的。漫步在诗圣杜甫故居旁边的浣花溪后花园里，感受着清风拂面、鸟语花香的芙蓉城景致，真的别有一番滋味呢。

成都茶馆——日常生活元素

　　成都是一个慢节奏的城市。人们生活悠闲，打麻将、喝酒、泡茶馆蔚然成风。中国最早的茶就起源于成都，成都人爱茶，更爱喝茶。据《成都通览》载，清末成都街巷计516条，而茶馆有454家，几乎每条街巷都有茶馆。清代顾炎武所著《日知录》："自秦人取蜀而后，始有茗炊之事。"蜀郡太守李冰筑都江堰，自此，成都平原水旱从人、沃野千里，成了富庶的天府之国。且四川偏居西南，四周重重大山阻隔，外来忧患较少，在以小农经济为基础、相对封闭的生活环境中，极易养成知足享乐、散漫闲适的生活习性。川人在优裕的生活中，少了一份刻骨铭心的忧患意识，多了一份乐天率性的闲情逸致。凭了这份闲情逸致，泡泡茶馆，自然成了大家最基本的生活方式。再加上，四川盆地气候潮湿，川人饮食自古麻、辣、荤、腥，饮茶可以解腻清肠。喝茶的习惯源远流长，经久不衰，直至现在，俨然成了成都的一道最别样最雅也最"俗"的文化！当然，这个"俗"指的是民俗。

有句谚语这样说：茶馆是个小成都，成都是个大茶馆。在成都，大街小巷都有茶楼、茶馆，公园学校、河坝上也是，待到闲暇之时，阳光微醉，三五个老友约在茶馆，十来块钱一壶茶，摇着藤椅，打着"天九牌"，你一言我一语相互问候调侃，旁边看牌的比打牌的更多，也更起劲儿，一边磕着瓜子，一边看热闹。思考的时候，抿一小口茶，继续出牌。晌午饿了，热气腾腾的后厨随时开火，炒出个家常小菜，或下一碗辣汤面、绵阳米粉，通常也不会超过十块钱，又可消磨到晚上。成都闲情逸致的生活方式在茶馆中便体现得淋漓尽致。你看啊，宽巷子茶馆门口，喝茶的喝茶，打牌的打牌，打麻将的打麻将，掏耳朵的掏耳朵，身旁的孩童你追我跑，拉着手的情侣相对一笑，好一副悠闲祥和的景致。可见，茶对成都，对成都人有多重要。

成都最普遍的茶就是绿茶和花茶，四川的绿茶特别著名，如峨眉山的竹叶青、毛峰、雪芽，蒙顶山的蒙顶茶、蒙山甘露。花茶以茉莉花茶为主。清明节前，茶农们便背着背篓上山采茶，姑娘们头上绑着大花头巾，汉子们戴着草帽，一前一后掐最嫩的尖儿。回家之后，把采的茶尖儿放在太阳底下晒上两三天，待晒干后，把晒干的茶倒入铁锅里清炒，火一定要用慢火，待茶焉了后，在碳上面晒到一天左右或者半天左右，当手触到茶叶硬硬脆脆时，便可以泡水了。

同行的朋友是四川的，对采茶炒茶很是精通。朋友说，茶的味道就来自来茶多酚。我好奇地问什么是茶多酚。"茶多酚是形成茶叶色香味的主要成分之一，它是一种保健品。"朋友开始细细讲起了茶的文化和功效。真是神奇，那时起，我便爱上了喝茶，也开始了解和研究起了茶文化，越来越为之着迷了。

唐孝四·毕淑敏·杨燧摩·尚无偶等联袂推荐

明天更好

我们几个小友坐在窄巷子深处的一个小茶馆里，聊着川蜀文化，捧着一盏热茶，伴着院子里飘进来的淡淡花香。我们的老故事，在几年前就从这里开始了，这一开始，便没有了结尾。

成都人——像水一样柔韧

第一次和四川人打交道，是在2009年我上大学的那一年。班里好多同学都是地地道道的成都人，也有很多同学来自成都周边的市区或郊县，后来也大多都定居于成都。对我来说，我更喜欢把他们都称作成都人。

成都市地处亚热带湿润地区，是一座多雨水的城市，所以成都的男男女女皮肤都较好，就像水一样，性格和品性更是像水一般柔，但也韧。

2009年我在四川上学的时候，学校所在城市的水质偏硬，我不幸患上了肾结石并住进了医院，同专业两个班几乎所有的同学都来医院看望我，甚至外系的男生女生听闻后也赶到医院陪我，大家带来的花篮、水果堆满了床头。晚上医院只允许一两个人陪床，我亲爱的同学们为了能多两个人留下来陪我，和护士姐姐整日整夜斗智斗勇，藏在门后面，蹲在床底下。这段一个人生病在外住院的日子是迄今为止我唯一的一次住院，也是最让我欣喜和感动的时光。

我大学寝室有两位学姐，都是成都周边人，她们从我们住进寝室的第一天起就格外关照我们这些小学妹们，帮我们打热水，带我们参观学校，给我们带饭，有好吃的东西也总留给我们。她们特别温柔，也特别善良，不管是在生活上，还是在学习上，都在无私地给予我们最大的帮助和支持。

在大一参加社团的时候，我加入了院学生会学习部，第二学期竞选学生干部的时候，我什么准备都没有，别的同学做的准备都特别充足，填写申请表，背诵演讲稿等。作为一个过于自信甚至有点自大的大一新生，我从容地走上讲台演讲，我把自己这一学期对部门做出的贡献及自己的见解和规划细细讲解，在我演讲完后，台下传来了老师和学长们的热烈掌声，就这样，我被聘为了院学生会学习部副部长，第二年又被学校的学生社团联合会聘为副主席。

其实，大一刚入校那会儿，我还只是一个普通得不能再普通的大一新生，自卑、胆小、稚嫩，可在一学期后就发生了很大的变化，不仅是学习上还是生活上，不仅是社团活动还是个人能力，都得到了很大的提升。这都和老师、同学们的悉心教导和帮助有着密切的关系，他们给了一个第一次出省独自在外的学生所需要的一切关怀和温暖，他们是同学，是朋友，是兄弟姐妹，也是恩师。

我的"阿妈"敏儿就是外柔内刚女子最好的代表。她很年轻，和我同龄，之所以称她为"阿妈"，是因为一直以来她都像妈妈一样温暖和关心我。上学期间，我特别喜欢吃各种美食，但是自己因为要忙社团的事情没法经常去街上一饱口福，于是，敏儿每次出去时便会采购满满一袋子的水果和食品回来，然后把我想吃的全塞给我。经常晚上饿的时候，敏儿便为我泡好方便面，顺便再加根火腿肠。在我需要的时候，她都会在我身边。

直到今天，我去往成都的次数大约几十次，除了出差，基本都

住在敏儿家。每次一到敏儿家，敏儿都会做一桌好吃的四川菜，她曾把她家钥匙交于我，"这就是你的第二个家，以后过来了直接回家，别在外面瞎逛。"

来来去去成都的次数多了，再加之和成都的很多朋友关系密切，自然也就更觉得亲切了。

每次漫步在成都的大街小巷里，我从来都没有陌生感，有的只是亲切，只是熟悉，只是满满的留恋和回忆。

走过这么多城市，看过太多的风景，感受过太多的人情冷暖，这座美丽温柔的蓉城仍让我最为喜爱。我喜爱这里的风，喜爱这里的文，喜爱这里的人，还有那个芙蓉一样的姑娘。

做文艺青年的那些日子

关于"文艺青年",社会上有着各种不同的褒贬。有人说,文艺青年是不食人间烟火的,好像喜欢阅读写字、做手工和喜美学、玩花、把弄茶、做音乐和徒步行走都是不务正业,不正确的事情。关于文艺青年,这类人在大众眼里大多是装模作样耍花腔,他们认为文艺是不切实际的瞎折腾,三天打鱼两天晒网的几分钟热度,不踏实不听话闲得慌。

我也是文艺青年庞大队伍中的一员,但我并不认为自己文艺。虽曾有朋友对我讲:你真文艺,你文艺起来真好看。后来,他们便叫我文艺青年。其实到现在我也没弄懂文艺青年的真正概念和定义。

带着长久憋在心里的疑问,我翻了字典,字典上关于文艺有这几种释义:文艺,1.指撰述和写作方面的学问。2.指文学创作。3.官名。即唐代所置之文学。4.纪传体史书的一部分。5.文学与艺术。青年我们不想便知。总之,大致的意思就是与文字和艺术方面有关的青年。我又查询了网络,文艺用百度的意思来解释就是,喜欢文化艺术的青年人。那么,既然是这样,文艺的范围就大了。随着新时代的发展,在穿衣和吃饭上越来越得到满足的年轻人群开始越来越看重精神文化。比如:阅读、写字;比如:摇滚、民谣;比如:茶道、花艺;比如:

刺绣、手工；比如：电影、旅行。

但是，作为传统一辈的好心人总会站出来以一种"我是为你好"的姿态劝诫你：年轻人，挣钱才是硬道理，什么喜欢什么爱好都不是饭，实际点吧。你只是个普通人，别整天想那些不太实际虚无缥缈的东西，做个普通人吧。文青吧，都是穷人，傻而呆。

在他们对着我讲"文青"时，我从他们的眼里分明看到了不屑和鄙夷，我更感觉到了一种满是贪婪和欲望的物质想要吞噬我，这种想要吞噬我的东西告诉我：你快做个正常人吧，别整天咬文嚼字穿梭于笔墨纸砚中了，这是放任和矫情。在他们眼里，文艺是活在正常的、大众的、普遍的规则之外的东西，是一种故作深沉和深情的姿态和行为，是一种看不清现实的傻瓜式群体。

在这部分人眼里，文艺青年是一种病，更是社会的一种病原体。他们甚至会各种讽刺和质疑，有的还会指手划脚斥责你：你文艺什么文艺？装清高还是装有文化？你病了你知道吗？快放弃你那些叫作文化和文艺的东西吧，快回归到和普通人一样的现实生活里吧，想各种办法挣钱，晚上下班后我们带你吃喝玩乐，喝酒唱 K，有什么不好，把时间浪费到文学上有什么意义，我们这才叫生活，才叫烟火气息。

可是，当我们在满足了能够养活自己和家人之外的物质生活外，我们为何不可以追求更高层次的精神文化呢？我们是新时代的一份子，时代是需要进步的，时代应该是充满激情和生命力的，也应该是有趣的。时代进步了，我们才会进步。我们读书、写诗作词，做手工玩摇滚、写创意文案做公益并不是因为好玩，而是因为我们骨子里的那份热爱，我们更想把这份由衷的热爱带进生命里，然后为社会、为人们奉献点欢喜和情怀，我们想让这个世界变得更有趣点，更好玩点，更有创意点。我们人类不应该只谈钱而不谈情，我这里的"情"不仅仅指的是情感，更是对新事物新知识新理念迫切渴望接受的一种情怀。人类是需要进步的，医学、教育、科技、文明、生活都需要进步，需要时不时地有点绿意和趣味，这样的生活岂不是更有味儿些？你看啊，那些在能够养活自己和家人并能够给予家人好的物质生活外又有着浪漫情怀的人是不是过得充实且丰盈，快乐又有趣呢？我不相信满脑子只为挣钱而挣钱，为了挣钱而丢弃所有爱好所有有趣的能够进步的灵魂的人过得真的快乐，到底快不快乐，开不开心，内心充盈不充盈，想必他们自己最清楚。

物质生活是必不可少的，但是物质如果没有精神文化的支撑，那它就只是物质，只是欲望。这就好比国际名牌商场里的一件名牌大衣，它挂在那里，只是件衣服，我不了解这个牌子，我当然对它毫无兴趣，那么它对我来说就毫无任何意义。但是当我了解它背后的文化和历史、布料和成分、质感和舒适度后，我对它便有了仰望和爱慕，我会对它表面的、背后的故事深深感兴趣。

在我认为，文青并不是"文艺青年"的总称，它应该是一种更有深度更有趣更现代化且没有年龄界限的代名词，这完全不影响我们满足物质需求和过上更好生活。在日常工作中，我们尽力在工作岗位干练利索、雷厉风行，忙于穿梭于各种电脑数据和工位间，下班和周末的时间我们也可以通过阅读和一切感兴趣的美学的东西来培养和提升自己的学识、素养和能力，让自己在业余时间通过综合学习变得更有才气和灵气，我们才能追得上新时代快速行走的步伐。如果你说没有时间，那就太违心了，自己好好想想，你是不是完全可以选择这样的生活，既可以朝九晚六，又可以浪迹天涯，既可以

明天更好

柴米油盐酱醋茶，又可以琴棋书画诗酒花。

如果我们每个人，都干着一份一眼就能看得到头的工作，每天带着一张人皮按时打卡，磨洋工式日复一日地重复着前一天的工作，没有创意，没有新意，更没有独立的想法和意识，只盼望着每个月月底发的那点固定工资，下班后更是无所事事，没有灵魂也不太有趣，那么这样的生活你真的想要吗？从小到大，我们很多人都活在别人的安排里，去成长、去学习、去升学、去选专业。我们的长辈教导我们要听话，在家听父母的话，在学校听老师的话，在单位听领导的话，我们应该做一个听话的、正确的、循规蹈矩的人。是的，我们是应该做一个正确的人，但是我们是有着独立意识和思想的成年人，在很多事情上，我们应该也有着自己的想法和信念。如果我们既能满足物质生活，又有着丰满的精神文化，在很多场合，我们都可以博学多才，得心应手，侃侃而谈，这样的生活多有意义。

我承认，我是文艺青年，但我又不全是。我只想让自己在能养活自己的工作之外的时间里做一个灵魂有香气的人。我热爱阅读和学习，热衷于文字，并不是我想要一个什么样的结果，我更享受和在乎的是这个让我变得更有趣、更独立、更温暖、更大度、更有才情的过程，我也更愿意用我的故事，我的文字来帮助和感染更多深陷迷茫和迷失自己的人们，我想为这个时代、这个社会多做一份贡献。

我做文艺青年的那些日子很长，很长，应该会是一辈子吧。在我有限的生命里，我会不断地学习一切美的东西，然后以文字和音频的方式传递给你，我更会以身作则，用自己的善良和真挚、简单和真实、丰富和乐观来遇见未来更好的你。

做文艺青年的那些日子，我很欢喜，也会一直珍惜。

让我如此着迷的山城

01

2016 年 10 月 1 日，我拖着大红色的行李箱，穿着大红色的棉布长裙，坐上了西安开往重庆西的绿皮火车。火车很旧，绿得锈迹斑斑的火车皮，老得灰黄的火车头，在相对萧条的西安南站（老火车站）瑟瑟秋风的拂动下，这辆慢车显得更有年代感了。我的红裙在这落寞了许久的老车站竟也显得格外好看，虽然也只是一条旧的红裙。也许是这灰绿的火车、寥寥可数的人们、北方已经有些凉了的冷空气一同打向了我，映衬着我的红裙，使我在这秋霜飒姿的季节闪耀了起来，就像一团火红，从这边移向那边，从这头飘向那头。

我坐在靠窗的位置，倚着可以打开的车窗，一手捧着刘同同年 4 月份上市的新书《向着光亮那方》，一手打开了随身带着的保温杯。认识刘同的时候，我正在四川上大学，尤其喜欢他担任特邀嘉宾的综艺节目《职来职往》，那年我才 19 岁，就满怀欣喜地喜欢上了这位年轻的光线传媒的总裁。他独特和犀利的语言风格、干净阳光的

外表瞬间打动了我。后来，他的"谁的青春不迷茫"系列书籍我全都买了回来，一遍遍去读。我在他的故事里竟也寻到了自己，原来，我们的青春都一样，孤独，迷茫，但也有光亮。这也更加让我看清了自己，更坚定了自己的梦想。

夜深点的时候，我应该是靠着窗睡着了的，但心里却有着一束光，我依稀还记得。

火车轰隆轰隆，驶了11个小时，在第二日的中午抵达重庆西。朋友敏是从成都出发的，我们相约一起在西站见。我比她早到，于是便在车站旁的寄存点存了行李箱，一个人在周边几公里内的地方一边尽情感受和吮吸当地的文化和风土味儿，一边等她。

02

与朋友汇合后，我们便先去了提前在网上预订好的酒店放东西，酒店在渝中区解放碑附近的一个广场旁，本以为住在繁华闹市区应该会很吵，进了房间才发现，出奇的安静。站在窗边，楼下人声鼎沸、车水马龙，一片祥和安然的样子。一瞬间，一束阳光从窗外透过玻璃打了进来，我赶紧伸出双手，把这份暖捧进了手心，我感到了一种前所未有的幸福，莫名的感动。

休息片刻，天色也渐渐暗了下来，我们便步行去附近的解放碑，互挽着臂弯，我们笑意盈盈，内心的喜悦在那一刻我们年轻的脸上表现得淋漓尽致。我们一路雀跃，一路肆笑。

解放碑位于民权路、民族路和邹容路交汇处。看着路牌，邹荣路，竟然和我一个姓呢，瞬间既熟悉又亲切。晚上解放碑周边人很多，刚好又是"十一"，显得这里的人更多了。碑身大约 26 米高，碑体呈白色，有些地方是肉色，上端有几架大钟，朝着四面八方，每到整点时，便会发出钟声。塔是八角形的，最顶端有几根天线。纪念碑上刻着"人民解放纪念碑"几个大字，字字铿锵有力，掷地有声。

　　每个城市都有自己的标志，每一个标志性建筑都是一个城市历史的浓缩与见证，重庆当然也不例外。关于解放碑，我不只想看到它呈现给世人的宏伟，我更想去了解它背后的历史和文化。于是，我请教了夜晚出来散步的当地人，他们告诉我，解放碑建于 1940 年的 3 月 12 日孙中山先生逝世纪念日之时，最早纪念碑不叫纪念碑，叫作"抗战胜利记功碑"，后来才改名为"人民解放纪念碑"。如今的解放碑早已成了重庆的中心地标，更是重庆的标志。你看啊，纪念碑上那几个醒目的大字，还是西南军政委员会主席刘伯承题的字呢。当地人特别热情，滔滔不绝地讲着，我听得入了迷，夜晚的解放碑很是热闹，或许与国庆长假有关，或许与它处于"西部第一街"的商业圈有关，更或许是与距它仅有几公里的光辉炫目、层叠错落的洪崖洞有关，所以重庆这个地标性的建筑在这一刻显得是那么宏伟庄严。

03

　　越来越对重庆着迷，我们跟随着人群向被称为电影《千与千寻》中的"油屋"原型的洪崖洞走去。此时，夜已经很深了，我们沿着

洪崖洞对面的江边踱着步子，江面上来来回回行驶的船只在各种彩色的灯光折射下，显得梦幻而神秘，对面成片的吊脚楼、层层叠叠的楼群在这雾蒙蒙的夜里愈发迷离了。你看，灯光闪闪的洪崖洞，古朴建筑的轮廓在灯光的照耀下显得格外立体，它就像穿上了一件魔幻外衣，再蒙上了一层薄纱，性感且魅惑，让人忍不住想将它褪去。

"太让我着迷了，这儿太美了，我不想走了。"我对敏说。

"那就留下来吧，别走了。"敏笑着说。

我们沿着嘉陵江旁的大桥走啊走，桥边有很多卖各种彩灯气球和会发光的发卡的小摊位。我们在一处慢下步子，敏挑了只粉色的兔子发卡戴在头上，忙喊着让我拍照，我轻轻按下相机快门。刹那间，敏娇媚如花的面庞定格在了我的相机里。我们一路欣赏夜景，一路品尝各种小吃，我们的笑声应该也被江风带走了吧，应该飘得很远很远了吧。

吹着江风，我们驻足在桥边沿子上，耳畔传来我再也熟悉不过的重庆方言。好熟悉亲切的感觉，和敏一样。因为敏是四川人。

重庆人讲方言，和四川人一样。他们的方言活泼明亮，也可爱得很。曾在讲方言的城市待得太久，从最初的听不懂到后来彻彻底底爱上了那里的方言，我对热衷方言的城市又多了份敬重。一直觉得啊，讲方言的城市，人情味更浓，土著气息也更有味儿。这也是我更喜欢讲方言城市的缘由。

在我生活了二十多年的故乡也讲方言，这种方言是具有历史性的，历经了十三朝的风雨洗礼，最后被人们传承下来，成了我和故乡人们问候交流的最亲近的方式之一。这种亲近，在隔壁大妈喊孙子回家吃饭的呐喊声中，在门口卖菜大爷的声声期盼中，在太阳底下妇人们织毛衣拉家常中，在孩子们天真可爱笑盈盈的脸蛋中……

我能听懂四川方言，当然亦能听懂重庆话。重庆和四川虽属两个地区，但就语言上来说，重庆话就是四川话。我心情好的时候，也能顺嘴说上两句。

"走啦，在想什么呢？那么认真。"敏用手在我眼前晃了晃，飘远的思绪一下子被拉了回来。夜已经太深了，我们便回了酒店休息。

04

第二天一大早，我们便乘坐轻轨一号线前往磁器口，黄金周的人特别多，我们在列车过道里拉紧了手。轻轨飞速地向前驶着，被穿越的中梁山和道路两旁高耸的建筑不断地往后退，瞬间有种奇妙的感觉，好像自己飞在了城市间。

大约飘了半小时左右，我们从磁器口站下了车，远远地就看到了磁器口棕红色的木制牌坊，牌坊中间"磁器口"三个大字松弛有度，苍劲有力，字的两侧刻着精美的图案，彰显着从古至今这里的繁华兴荣。大门两边这样的一副对联，吸引了我们的眼眸，我们驻足观阅，像是发现了一件奇珍异宝，甚是欢喜。联云：白日里千人拱手，入夜来万盏明灯。这是在告诉人们：这里书写着一段千年古镇经久不衰的历史。牌坊大门的右边，立有一块大石头，这石头是磁器口嘉陵江段的天然卵石，历经万载打磨，凝聚百世沧桑，号称"嘉陵石"，上面书有"一条石板路，千年磁器口"几个大字。是的，一条石板路，千年磁器口啊。

你看，古镇街道旁的青砖黑瓦，简约大气，一条条青石板铺就的巷子曲径通幽，一幢幢斑驳的房屋古典素雅，一旁的嘉陵江水缓缓流着，这一切仿佛都在向你诉说老重庆最朴实、最宁静的篇章。这里，是磁器口古镇，更是老重庆城最具历史记忆的地方，同时也是最具时代气息的一处人文景观。我们继续朝里走，临街底楼，是商店，摆着一些精美的工艺品。手工围巾，陶泥娃娃，创意小钱包等……但最吸引人的，还是各种美食。琳琅满目的小吃映入眼帘，门口的队伍一家比一家排得长，有酸酸甜甜的糖葫芦，香脆可口的印度飞饼，美味的羊肉串和麻辣鲜香的毛血旺。最受人欢迎的，是香甜酥脆的陈麻花。瞧，人家的生意多好呀！从早上还没开门，直到晚上关门，排队的人像一条长龙，看得见头，看不见尾呢，听说这家麻花既正宗又好吃，其他地方买不到，那味道香香脆脆酥酥的，让人回味无穷着呢。可惜，队伍太长，我们由于时间的原因没有排队，只好嗅着店里面飘出的香味饱饱口福。

我们一路观赏，一路雀跃，不知走了多久，才从古街走了出来。古街外的磁童路两旁，造型独特的古建筑鳞次栉比，其风格带有浓重的明清建筑色彩，让人的思绪一下子回到了明清时候。

05

晚点的时候，我们去了璀璨夺目的滨江路，站在江边，恰巧夕阳西下时的光打在了这平静得像镜子一般的江面上，一瞬间，江面上波光粼粼，和着流光溢彩的长江大桥，在重庆雾蒙蒙的夜景的衬托下，显得格外有情调。我仰着头，闭着双眼，尽情地呼吸着山城温润的空气，我什么都带不走，只好将这里的每一寸土地走遍，将每一处喧闹与宁静看遍，将每一噘柔情与清气揉进我的身体里。

重庆还有一大特点，就是抵拢倒拐的山路，它不像西安城，正南正北，四四方方。在重庆，几乎每一条路你都看不到尽头，拐弯后是斜坡，斜坡后再是拐弯。所以啊，重庆也是一座没有自行车的城市。

我们沿着滨江路一直走啊一直走，愈走我愈想留，愈走我愈喜欢这里，正如我喜欢成都一样。可我知道我不能留。

我喜爱重庆的每一座山，每一寸土，每一处水，可我更爱我的故乡——西安。我得回去了，重庆，我们下次再见。

希望下次见你的时候，我揣着另一种情怀。

明天更好

生个小朋友，我一定不会这样教他 |

丫丫是我老家隔壁王大妈的孙女，生下来就是个小美女，一双水汪汪的大眼睛扑闪扑闪的，就像天上的星星一样闪亮，一笑起来，红红的小嘴就像是夜晚恬静的弯月，肉嘟嘟的小脸又白又净，真叫人喜欢。

丫丫生下来不久，丫爸、丫妈便外出打工去了，留下丫丫给王大妈、刘大叔老两口带，丫丫就这样成了人们口中常说的"留守儿童"。

老两口对这个长得讨人喜的孙女甚是喜爱，隔三岔五给孙女买回来很多零食和衣服，走到哪儿也都会带上丫丫。但实际上，老两口大半辈子的生活过得相当节俭，平日里在集市上给自己买件衫子、买根葱都要讲半天价。或许是老一辈人经历过吃不饱穿不暖的日子，才会格外珍惜每一分钱。但是，老两口管得了孩子的吃喝拉撒，却在孩子教育上出现了很严重的问题。随着孙女丫丫的逐渐长大，这个曾经讨人喜爱的孩子也不再让大伙打心眼里喜欢了。

事情是这样的：一日，我回老家，恰好有辆卖西瓜的大卡车停在王大妈家门口，卡车旁边围满了人，挑瓜的挑瓜，讲价的讲价，称重的称重，好不热闹。见西瓜便宜，王大妈也忙得不亦乐乎，把正在和面的双手在围裙上抹了抹，便连忙挤进人堆里，开始给自个儿家里挑熟透了的西瓜。不一会儿工夫，王大妈便挑好了好几个圆滚滚、绿黝黝的沙瓤西瓜。王大妈一边看着放在地上的这几个又圆又大的西瓜，一边东瞅瞅西望望。突然，王大妈的孙女丫丫从家里蹒跚地跑了出来，见孙女丫丫过来，王大妈连忙抱起一个西瓜塞进丫丫的怀里，"宝贝，快抱回家放在门后面，不要让人看见了。"

丫丫刚满四岁，乖巧听话。听奶奶让抱西瓜回家，小丫头二话不说，连忙用她的小手吃力地抱着大西瓜一步一个踉跄地往家跑，可能因为丫丫太小，西瓜太重，没走几步，丫丫的脸便憋得通红，微微凸出的前额渗出一层细薄的汗珠，她咬着牙，使出全身力气很"懂事"地将西瓜终于抱回了家。王大妈见丫丫把西瓜抱回了家，长舒了口气，这才装作没事儿人一样吆喝着卖瓜人过来给自己的瓜称重，一边讲这个西瓜不好那个西瓜瓜蔓都蔫了，一边几角钱几角钱地讲价。

付钱给卖瓜人的时候，王大妈也不忘少给个零头，这才美滋滋地吆喝着刘大叔过来搬西瓜。

同样在卡车旁买西瓜的我和我妈，对眼前发生的这一幕看得是一清二楚。我悄悄问我妈："王大妈怎么能这样呢？人家卖西瓜的也不容易呢，更何况，丫丫才那么小，王大妈会把孩子教坏的。"

"小声点，别让你王大妈听到了，这是人家自个儿的事。"我妈一边小声说，一边忙着挑熟透的西瓜。

回到家里，我问我妈："王大妈人怎么是这样？她没有想过她的一言一行会直接影响丫丫吗？"我心里堵得慌，再次憋不住问。

"你王大妈呀，就是这样的一个人。平时去市场上买东西，也会借孩子为挡箭牌，顺手多拿几根葱几根青菜，被人发现了的话就

明天更好

说是孩子拿的，她没注意。哎，可能也是年轻时苦日子过惯了。你也别操心人家家里的事了，你又管不到人家家里去。"

听完我妈的话，我心里更不是滋味了，也越发为丫丫的未来感到焦虑。丫丫父母从小就不在孩子身边，丫丫由爷爷奶奶一手带大，平日里除了丫丫的吃饭睡觉爷爷奶奶能照料好外，丫丫这十几年的学习教育和成长教育爷爷奶奶又该怎么给？他们能给丫丫什么呢？

我不知道王大妈要求丫丫抱西瓜回家时的那一刻她是怎么想的，会不会想到这样做会影响丫丫的教育及未来。但是，作为孩子的监护人，是不是应当以身作则，时刻以好的习惯和行为来影响和鞭策孩子呢？如果每位家长都有这种爱占便宜的想法，那么我们祖国未来的花朵还能健康苗壮地盛开吗？

我们常说，贪小便宜吃大亏。的确，一个凡事为自己利益着想的人，在人际交往中也是极不受欢迎的。因为他们在"赚"便宜的同时，不但损害了别人的利益，也丧失了自己的人格。作为一个孩子的家长，三观一定要正。尤其对一个两三岁、三四岁的孩子来说，他们不懂世事，几乎所有的行为都在全方位地模仿。他们模仿的不仅仅是表面上的一言一行，更是这些一言一行背后看不到的一些东西，比如价值观、生活观、学习做人等等，这些都会潜移默化地影响孩子。

父母是底板，孩子是复印件，复印件出现了问题，那一定是底板出现了问题。所以，如果孩子在教育上出现了问题，那么这一定跟父母、长辈的教育有关。这是个很现实的问题，如果孩子的监护人是一个自私自利、自以为是、贪得无厌的人，那么他的这种人生观也一定会影响和改变他的孩子；相反，如果孩子的父母或者监护人是一个善良慷慨、积极乐观、温暖大度的人，那么他的孩子身上一定也会有这种品性。

所以说，孩子的教育其实也是父母和监护人的教育。在培养孩子的过程中，一定也是父母的自我成长，如果一个父母都停止成长了，自认为自己所做的一切都是对的，都是真理的话，那么在这个孩子的教育上，它一定是失败的。只有父母或者监护人不断地去学习，去反思，去进步，才能让孩子在有爱的环境下更出色更健康地成长。

我的同事就是一个很好的例子。她不仅是一位漂亮的妈妈，更漂亮在教育孩子的方法上。

有一次，我陪同事和她女儿去超市购物，结完账出来后发现孩子手上还拿了一本儿童故事书，由于书没有在购物车里，我们在结账时也就疏忽掉了这本书。

"六六，你这本书没有付款哦，这样是不对的，我们必须回去付款，不然我们就不是诚实的好孩子了。不管在哪里买东西，都要付款的。走，妈妈带你去收银台。"同事一边温和地对孩子说，一边拉着我要回超市。

"可是，妈妈，我们都已经出来了。"孩子嘟着嘴不愿意走。

"我们再回去就好啦。我们去给收银台阿姨说一下，就说刚才忘记付款了好不好，我们家六六是个最诚实最乖的小朋友了，对不对？"同事耐心地对孩子讲。

"好，我最乖了。妈妈走，我们回去。"孩子使劲儿地点了点头，便拉着她的妈妈和我向超市收银台走去。

一瞬间，我被同事教育孩子的方法所打动，更从心底佩服她。

后来，我去过同事家几次，和她的孩子接触久了，我更加发现这个只有五六岁的小姑娘懂事得超出了她的年龄，真的是一个特别

有礼貌，有素养的小孩。

那时起，我就在想，我以后有了小朋友，我该怎样教育他？我该以怎样的好习惯好品性来感染他？

我反复地思考这个问题，琢磨这个问题。后来，我发现，要想把白纸一样的孩子培养得优秀出众，这里面有着很大的学问。一个家庭在教育孩子上如果失败了，那么这个家庭多半都不会太幸福。教育分为硬教育和软教育，这不仅仅体现在自己和家庭的的一言一行、一举一动上，我们更要注重教育的内在意义、故事的趣味性及影响性，这也便是软教育。

举个例子，大家应该都听过《灰姑娘》《白雪公主》这类故事吧。灰姑娘和王子的故事结局就是灰姑娘穿上了美丽的水晶鞋，终于嫁给了王子，快乐幸福地生活在一起。

大家仔细想想，这个故事有没有问题，是不是越想越觉得别扭？大人们总是讲类似这样的童话故事给几岁的小女生、小男生，只是以一个讲故事人给小朋友讲故事的角度来拓展孩子的视野，但是，从故事最根本的角度来说，这个童话故事就是在给小朋友们灌输了一种这样的思想：女孩子最大的幸福就是嫁一个王子，所谓的王子，就是一个漂亮的男生，有钱，有权，有国王爸爸，大家都要向他行礼。故事的高潮永远都是她嫁给了王子，或者王子娶了公主。

另外，我们再回顾下《白雪公主》的故事，往更深层去想，这是一个充满童话和美好的故事吗？包括皇后采取各种杀人手段想要杀死白雪公主，用毒苹果毒，用丝带勒脖子，用刀子砍头，用剪刀剖开胸膛取心脏，在这个短短的故事情节中，展现出的却是各种各样的杀人方法。

那么请问，如果我们给我们只有几岁大的小朋友讲类似这样的故事，那么在孩子往后成长的过程中，他们应该以三观不正的心态去面对往后的人生吗？孩子的童年短暂匆促，何其珍贵，为什么我们要让孩子从两三岁开始就要知道人与人之间有着怎样的仇恨，该采取怎样的杀人方式？应该嫁给怎样有钱的王子？女孩子长大嫁给王子才最幸福？

这都是什么年代了？这都到了什么时代了？

现在的姑娘可有不嫁给王子的权利，也不稀罕王子的地位和他的国王爸爸，即使是灰姑娘，也不需要依靠嫁给王子的恩典来获取幸福。有没有发现，我们身边真正勤奋上进的一群女孩子，除了能够养得起自己的本职工作外，她们往往还有很多个身份，做微商，写文章，摄影，茶艺，线上授课，开店，开公司，谈生意，样样都做得很好。谁说"灰姑娘"一定要嫁给"王子"才能幸福？大家仔细想想，你身边圈子里的女生是不是很多都很优秀？她们也许做着微商，也许会不停地发图刷屏，但是这也是她们努力赚钱努力在做营销。她们都特别特别努力，也许她们努力赚钱的样子很丑，但她们不依附不靠任何人努力过成了自己想要生活的样子真的很美。这才是我们最应该教给我们孩子的，我们要教给他善良，教给他温暖，教给他爱与关怀，教给他聪慧，教给他坚强，教给他努力，教给他乐观，教给他诚实守信，教给他……。那他将来一定是个有涵养有爱勤奋上进的小孩。

回到故事标题，以后，如果我生个女儿，一定会告诉她：这个故事是假的，也一定不会这样教她……

贾平凹·毕淑敏·杨献平·肖云儒等联袂推荐

明天更好

逃难到太平村的阿婆 |

　　1960 年秋，阿婆的老家河南闹饥荒，家里上下六口人，就剩下了阿婆和弟弟两人活了下来。长姐为母，为了活下去，十来岁的阿婆一把鼻涕一把泪地把只有四岁的弟弟送给了一家富裕人家做儿子。这家人心肠好，见姐弟要分离，便从柜底找了条红色的粗布绳子，剪了两截，一截绑在了阿婆细细的手臂上，一截栓在了弟弟的手臂上。"闺女，以后你要是回来了，就拿这个红绳子来找弟弟，你们姐弟都会平安无事的。"阿婆沿着向西的方向一路讨饭，一路把收养弟弟的人家对她讲的这句话念了无数遍。几个月后，阿婆讨饭到了太平村。听说啊，太平村能保太平，阿婆便留了下来，一家家地讨饭。

　　阿婆到太平村的时候，年满十六。正是妙龄，耐看得很，大眼睛，长辫子，樱桃一样的小嘴，润润的，谁见了都会忍不住多看几眼。虽说阿婆的个子不高，瘦小瘦小的，但毕竟是个年轻水灵的丫头，见她整日讨饭，质朴的村民打心眼里心疼。为了让她能够生存下去，阿婆在太平村一位好心村民的牵线下，和种了半辈子田的老周结了婚，也算安顿了下来。老周是个憨厚朴实的庄稼人，家里穷，打了半辈子光棍，这下终于白捡了个黄花大闺女，心里乐着呢。老周大阿婆十八岁。

住进老周家里没多久，阿婆的肚子便有了动静，这下可把老周高兴坏了。半辈子没摸过女人，这下白得了个水灵的大姑娘不说，还将会有个带把儿的大儿子出生。老周逢人便讲，掩盖不住的喜乐全挤在了脸上，儿子小周出生后，老周在村子更扬眉吐气了，脸褶子里尽是憨笑。

"这下老周家终于有后喽，老周也该享享福了。"村子里的大妈大叔们在门口一边晒太阳一边议论纷纷。

有一种希望叫绝处逢生，说的就是老周；也有另一种无望叫好景不长，也可以用来形容老周。小周生下没多久，老周便被突如其来的恶疾缠上了身，没有钱治病，在家里躺了几天几夜后，苦了一辈子的老周撒手西去了，留下阿婆和小周独守周家土院。

女子本弱，为母则刚。为了养活小周，不到二十岁的阿婆便去了公社做苦工，毕竟是女儿身，干起重活怎么也比不上汉子，再加上是个年轻的寡妇，总有一些"豺狼"经常会虎视眈眈地盯着这块"鲜肉"。在60年代的太平村，村民们除了在公社干活和想办法填饱肚子外，最大的话题和乐子就是阿婆了。当然，阿婆那个时候还不是阿婆，是一个死了男人的年轻漂亮小寡妇。好在阿婆性子倔，就只认老周这一个男人，村子哪个男人靠近或者调戏她，定会被阿婆骂回去。也不知什么时候开始，性子温顺的阿婆竟也开始骂人了，不过这骂人呀，一半是为了护贞洁，一半是为了护儿子。

阿婆白天背着小周做苦力，晚上又背着小周去田里找野菜，那几年饥荒闹得厉害，哪儿的粮食都格外珍贵。阿婆经常是吃了上顿没了下顿，硬是从牙缝里挤出些萝卜青菜，宁愿自己饿着肚子也不能饿着儿子，终于含辛茹苦地把这个独苗拉扯到了十八岁。也许是

阿婆养得好，十来岁的小周很快长成了一米八的大个儿。穷人家的孩子早当家，说的就是阿婆，也是小周。十八岁的小周人勤快，也吃得了苦，在砖窑上烧得砖又正又好，几年功夫，就给家里盖了几间红砖房。

"这下这河南来的媳妇可以享福咯。"太平村的大妈们又议论开来。

眼看儿子小周二十有三了，阿婆开始忙着托这个找那个的给小周介绍对象，家里虽穷，好在小周能干，长得也好看，很快媒婆那边就传来了好消息，有个邻村的姑娘对小周满意着呢。

小周的婚事就这样定了下来，第二年一开春，阿婆便到处借钱，张罗起了这个独苗的婚事，再苦不能苦了孩子呀，就是砸锅卖铁也要抱上大孙子。在阿婆眼里，人一辈子就三件事：盖房子、娶媳妇、抱孙子。完成这三件事，她的这一生也算圆满了。

小周结婚后的几年时间里，媳妇接二连三地给小周生了四个儿女，个个长得白净喜人。小两口留下孩子外出打工去了，四个孩子便成了阿婆又要完成的主要任务。不过阿婆倒也乐意，能为儿子儿媳多分担点，她心里欢喜着呢。就这么一个儿子，以后还得指望儿子儿媳养老，想到这些，阿婆干起活来更卖力了，也拿出了自己省了一辈子的积蓄给孙子孙女们交学费买肉吃，自己却连一丁点儿肉渣都舍不得尝上一口。

时间如白驹过隙，一年复一年，孩子们渐渐长大了，阿婆也老了。小周和媳妇商量着回了老家，他们在老家附近的厂子找了份轻松的工作，准备重新开始。可回来后，他们发现，孩子们都渐渐长大了，家里之前盖的几间房完全不够用，两个女儿一间，两个儿子一间，他们夫妇一间，粮食放一间，那阿婆该住在哪儿呢？

"在咱家后院门外给老太太随便盖一间土房子不就好了，反正你妈现在走也走不动，还浑身是病。咱们做好饭给她送去，饿不着她，放心吧。"小周媳妇"灵机一动"地说道。

"好主意，我怎么就没想到呢？"小周拍拍大腿，两只眼睛放着光。那光，让太平村的夜晚寒气袭人。说也奇怪，那天半夜，窗外的风刮得呼呼响，就像有人在哭一样，特别刺耳。

说干就干，第二天一大早，小周便拉回了几车土，花了一上午的时间，加班加点地在自家后院门外盖了间简易的土房子，房子没有灯，也没有窗户，门口挂了条蛇皮袋子做的门帘。

给老妈的房子建好了，小周夫妇那天破天荒地做了一顿大肉饺子，给阿婆端了去。吃完饺子，小周和媳妇把阿婆搀进了后院的房子，找了床已经发了霉的被子和褥子，扔在房间那张"咯吱咯吱响"的旧床上，这也算是给阿婆找了个能避风避雨的地方了。

"妈，以后呀，你就住这儿啦，你也知道，咱们家房子紧缺，孩子们又大了。你放心，饭一做好，我马上给你端过来。"小周媳妇扯着大嗓子对着阿婆喊道，生怕阿婆听不到。

"好，好，我就住这儿。"阿婆一边背过身，一边抹着眼睛。

阿婆浑身都是病，患了多年的关节炎让阿婆的双腿肿得穿不进裤子下不了床，疼得阿婆直掉眼泪。小周媳妇见不得阿婆哇哇叫，便买了大量的止疼药给阿婆，止疼药很便宜，几块钱就一大瓶，疼了就让阿婆吃几颗。阿婆知道自己的日子不多了，便多次央求儿子小周送她回河南老家看看，看一眼就可以。自从她十六岁那年逃难到太平村后，就和唯一的亲人——自己的弟弟失去了联系，她想她

的弟弟，她不知道他过得好不好，还在不在人世。每次想到这里，阿婆的眼睛就会发红发肿，连着眼角发黄的脓水，阿婆的眼睛几乎看不清了。

阿婆每次都是小心翼翼地请求儿子，小周和媳妇每次都是眼睛不带眨地否定。

"不可能的，咱们又没多少钱，车费又那么贵，再说你年纪都这么大了，就别乱跑了。"小周媳妇撇着嘴吼道。

时间一长，阿婆也不再提了，小周和媳妇也懒得天天往后门外跑了，一天两顿饭成了一天一顿，再后来成了两天一顿，再后来好几天都不见送饭去了。

那年的冬天特别冷，寒风呼啸、林寒洞肃，冷风飕飕地刮着，用它那粗糙的手指，蛮横不讲理地乱抓着人们的头发，针一般地刺着人们的皮肤。村子两旁的槐树清瘦了许多，村民家门口菜园子的菜也枯萎了。村子里光秃秃的树木，就像是老态龙钟的阿婆，在西北风的侵袭中，摇摇摆摆。小周怕媳妇冷，天还没黑，便烧好了热炕，点好了炉子，催促媳妇孩子快快爬上热炕头，乐滋滋地看上了新买回的电视机。

第二天早上，雪花肆虐着西北大地的太平村，小周起了个大早，清扫完了院子里的雪，打开后门准备扫雪时，才猛然想起，这间土房子里的老娘——阿婆。

他慌里慌张地一把扯开蛇皮袋子做的帘子，只见阿婆佝偻着身子，硬梆梆地窝在墙角，满是褶子的脸早已变了形，斜着嘴，没了呼吸。她的眼睛睁得老大，手心死死地攥着那条红得泛黑的绳子。

一个渐冻人医生对生命的温情凝望

1981 年出生在河北唐山的柴莉莉，22 个月时被诊断为全身型进行性肌萎缩，当时医生给的结论是这个孩子活不过 18 岁。那么，何为全身型进行性肌萎缩？其实也就是我们常说的"渐冻人"。这是一个怎样的病？严重到什么程度？我们很多人对这个病可能没有一个精准的概念，甚至并不了解。

全身型进行性肌萎缩是一组由遗传因素所致的原发性骨骼肌疾病，其临床主要表现为缓慢进行的肌肉萎缩、肌无力及不同程度的运动障碍。其特征性表现是肌肉逐渐萎缩和无力，身体如同被逐渐冻住一样。这是一种目前无法治愈且致命的疾病，被称为"世界五大绝症"之一。若患了这个病，后果是不堪设想的。

看着别的小朋友可以跑，可以跳，可柴莉莉不能，甚至一个简单的翻身，一个肆无忌惮的大笑她都无法做到。她失意过，迷茫过，但好的是她有一个从未放弃过她的家。从小到大，柴莉莉的吃喝拉撒，生存的一切方式都源于父母对她的爱与鼓励。

柴莉莉带着对知识的强烈渴求，认真学习，勤奋刻苦，所以她从小就是小学霸。因为自己疾病缠身，小小的莉莉在心里暗暗发誓，长大后一定要做医生，来救治更多像她一样被病痛折磨的人们。因为患有"渐冻症"，莉莉无法行走，她的父母便日复一日地背着她上学，完成了12年的学业。柴莉莉在高考中取得了613分的高分，但因为身体原因，没有一个学校愿意接受她。莉莉落榜了，但她仍没有放弃学医，她通过自学取得了中医学本科学历、执业医师、执业药师资格。2008年，柴莉莉开办了一家中医诊所，常年为残疾人、老年人和低保家庭提供义诊。后来，她把自己的故事记录了下来，以白纸黑字的形式撰写了她35岁的传记。35岁并不是一个写自传的年龄，但对柴莉莉来说，她没有更多的时间了，她等不起。

她说："我真的不知道我有没有那个福气活到日落西山，我更不知道我果真有幸活到白头苍苍时，是否还能动得了笔，写得了字。"她是一个一出生就被确诊为肌肉萎缩症的患者，是一个一出生就注定了要残疾一生的人。

柴莉莉在《痛，并明白着》一书中写道：从我有意识开始，我每天都在失去，失去一部分的自己，我不知道明天病痛还会拿走我的哪一部分，于是我带着这样的想法安然入睡。

柴莉莉最终通过自己的努力与不服输实现了自己当医生的梦想。在很多人眼里，她是一个传奇，是一部励志的大书。对她来说，活着就是意义，只要坚持做好一件喜欢的事，这就是价值。她没有正常的身体，但却活出了完整真实的自己，她实现了自己一个个梦想，并把更多梦想的种子播撒到了更远更需要它的地方。

在天津卫视《幸福来敲门》节目中，柴莉莉开玩笑地向主持人涂磊说，这就像是在玩猫和老鼠的游戏，它想和我玩得久一些，那我就陪它玩。节目中的她自信乐观，言语中透出坚毅和活泼。

她在北京理工大学管理与经济学院作演讲时曾说："我没什么好励志的，我无非就是一个一出生就被注定了要残疾一生的人。如果可以选择，没人愿意有这种命运，这自然也包括我。所以，我所做的一切都不是勇敢的行为，只是在命运的安排下尽量过好自己当下的生活。"她作为一名医生，当她收到病人发来的写着因她回馈社会的举动而深受感动和鼓舞的短信时，柴莉莉的内心是温暖的。虽然她身体残疾，但她有着一颗充满阳光、坚毅、感恩的心。虽然她历经了各种磨难，但是她紧咬牙关不放松的精神支撑着她一步一步地向前走，而且走得坚定有力。

我们的身边有着很多像柴莉莉一样的人，他们身残志坚，他们面对磨难仍勇敢向前走，他们有一个共同的精神，叫作行走的力量，他们演绎出的一部部纪实大片，叫作传奇。

柴莉莉和更多身处逆境仍能不屈不挠的人们告诉我，生命不仅仅是活着，更是实现和体现自己的价值，每天怎样过，都取决于自己，没有质量的生存，那是一种无妄之灾。

什么是有质量的生存和生活？就是至少让每天过得有意思，有意义，有情怀，用生命去诠释这种意义，就是最有质量的生存，最有意义的生活。

周国平老师在《论热爱生命》一文中写道："热爱生命是幸福之本，同情生命是道德之本，敬畏生命是信仰之本。人生的意义，在世俗层次上即幸福，在社会层次上即道德，在超越层次上即信仰，皆取决于对生命的态度。"

其实呀，做人应该像水一样，要有水的品性——水的谦逊、水的包容、水的勇气和毅力。宋代罗大经在《鹤林玉露》第十卷写道："绳锯木断，水滴石穿。"就是在告诫人们只要有恒心，有毅力，不断努力，懂得持之以恒，做任何事情都能成功。

当你陷入困境不知所措，不敢向前，想要放弃的时候，去看看水吧，水会给你答案。

一个人，一支骑兵

　　这是一个姑娘的真实故事。受姑娘之托，我将以第一人称的口吻整理出来，希望能给你带些温存和感动。

　　我叫迎娣，迎接弟弟的意思。我出生在四川的一个小山村里。我住的那个村子多山多水，说得好听点是群峦起伏、风景优美，说得真实点就是穷乡僻壤，思想落后。村子很小，这小小的村子时常被"男尊女卑"的封建思想和"睁眼瞎"式的烟雾弥漫着，风越大，烟雾越大，整个村子像是被套上了一个见不得光的套子，被老一辈流传下来的"传统文化"牢牢地套死，你越是挣扎，套在脖子上的绳索越紧，直叫你喘不出气来。我的家在这个看起来与世隔绝、民风淳朴的村子最东头，家的后面是果拉狼山，前面是一条径直通往村口的土路，我常常在路的这头幻想路的那头是什么。

　　我家有五口人，父亲、母亲、两个妹妹和我。再说说我的父亲，他的脾气非常暴躁，甚至可以用恐怖来形容，他不发脾气时一切正常，发脾气时判若两人，甚至无法控制自己，摔盘子扔碗、挥刀弄棍是常有的事。母亲性子温顺，胆小没主见，妹妹们年纪小不懂事，

贾平凹·毕淑敏·杨熹亭·肖云儒等联袂推荐

明天更好

于是很多故事便发生了，我和母亲的性命也好几次差点丢了。

我母亲年轻的时候是大户人家的姑娘，面容姣好，家里吃穿不愁，再加上她比一般女子多读了些书，举止间满是温柔端庄，又被众人簇拥着，就是寻常大户人家的姑娘，也比不上我母亲。在 70 年代物质相当匮乏的时代，我母亲有过一段人人艳羡的婚姻，她的日子过得幸福美满，衣食无忧，可上天妒嫉，在母亲生下我的两个哥哥后，母亲的前夫便生了重病，永远地离开了母亲。

失去丈夫的母亲日夜郁郁寡欢，悲伤欲绝，整个人就像是霜打了的茄子，垂着眼皮，耷拉着脑袋，没了往日的精神气。可我的母亲毕竟生来就好看，这下又成了单身，自然上门说亲的人又多了起来。

年轻温柔的母亲被父亲看中许久了，只是母亲还未出嫁时，父亲自惭形秽，不敢上门求亲。这下好了，年轻的母亲成了寡妇，还带着两个拖油瓶，父亲胆子自然也就大了起来，买了包白砂糖拿给媒人，鞠躬哈腰地拜托媒人一定要给他说成这门亲事。母亲见父亲长得清秀，自己情况又不佳，再加上父亲那一张抹了蜜的嘴，哄得母亲喜笑颜开。母亲便同意了这门亲事，很快将自己嫁了过去。

父亲打小就是村里的恶霸，也就是人们常说的混混，他的拳头拎起来眼睛都不眨一下。结婚前，父亲一再承诺，一定改邪归正，浪子回头。可婚后不久，父亲的本性再次露了出来，整天在外惹事生非不说，还喝酒家暴，每次家暴完后又跪地认错，发誓自己一定会改过自新，好好做人。

母亲怀了我后，父亲暴躁的脾气更变本加厉了，他一不顺心就暴打母亲，骂出来的话比半夜门口的乌鸦叫声还难听。生我的时候，别人家生孩子产房前都会围满焦急等待的人，可母亲在生我的时候，产房门口一个人也没有。我出生一天后，父亲这才睡眼惺忪地摇摇摆摆进了医院，扯着大嗓子问护士生的是男是女。得知是女儿后，父亲便在医院骂了起来："娃儿都不会生，能干甚？"嘟嘟嘟嘟地说完便出了医院，连母亲和我正眼都没看一眼。

可想而知，我的童年就是在父亲的拳脚相加和母亲的哭哭啼啼中长大的。每一次父亲喝酒，都会打母亲。有一次，母亲因为要照顾妹妹，没来得及做晚饭，父亲回家后，瞧着冰锅冷灶的，孩子又在哭，二话不说抢起板凳直往母亲身上砸。一瞬间，鲜红的血顺着母亲的额头渗了出来，母亲性子软，不跑也不言，顺着父亲打。我实在看不惯父亲刁蛮专横，粗鲁暴躁，更见不得母亲这般软弱，于是年幼的我为了保护母亲，踉跄着跑进厨房拿起菜刀威胁父亲："你再打我妈，我就死给你们看。"父亲毕竟是父亲，再浑蛋，也会心疼自己身上掉下的肉。父亲扔下扫把，气冲冲地摔门而出。母亲哭，妹妹们也哭，我看着乱糟糟的家，咬着牙把眼泪憋了回去。

那一年，我9岁。

我的家就像是一个长满刺的大笼子，这个笼子装满了恐吓与粗俗，还处处弥漫着最廉价的烟酒味。有时候我就在想，是不是把这个笼子填满了就能好一些？可是后来，我发现它怎么填都满不了。于是，我开始改变策略，我暗自发誓：一定要逃离这里，逃出这个阴森森的笼子。

我发奋读书，努力学习文化课，只有在课本里，我好像才能感受到幸福和快乐，书本上的一个个文字，就像是一个个跳动的音符，

贾亚白·华淑敏·杨焕攀·尚云娣荣获获推荐

明天更好

一种难以言喻的舒坦便在我心里飘散开来。我喜欢这种感觉，并陶醉了进去。

由于我天资聪颖，又勤奋刻苦，每回考试我都是全校数一数二。虽然我知道父亲不喜欢我，但有了值得让他骄傲的事情之后，他便对我的态度稍微好转了一些，逢人便夸我给他争气。

母亲连生了我们三姐妹后，身体虚弱了不少，再也生不了孩子了。村子里一些爱嚼舌根的妇人也议论开来："迎娣她爸这叫自作孽，整天骂骂咧咧的，生不出儿子，活该。迎娣她妈在以前，还不是连生了两个大胖小子。这都是命呀，什么人，什么命，怨不得媳妇。"这些话很快传到了父亲耳里，父亲不再暴跳如雷了，竟开始有点沉默了。

在我收到大学通知书那天，第一次见父亲笑得那么真实。那日清晨的太阳很暖和，懒懒的阳光斜着身子在家门口的柴垛上跳跃，一会儿落在我红灿灿的录取通知书上，一会儿洒在靠着柴垛正在读书的我手心里。我连忙攥住了手掌，想抓住这难得的温存与宁静。远处瓦蓝瓦蓝的天云雾缭绕，这云雾飘过果拉狼山，飘过山下不知名的小河。远远望去，远处的林子郁郁葱葱，就像是一片绿色的海洋；漫山遍野开满了五颜六色的小花，像是给山穿了一件朴素雅洁的花裙子，裙摆还镶着像绿宝石一样的蕾丝边，蓝天白云之间陡峭的岩石形态万千，一泓清泉顺着山势蜿蜒而下，泉水撞击在岩石上"叮咚"作响，弹唱着欢畅的乐曲。一阵风吹过，水面上荡起了一道道波纹。我弯着身子，探着头，只见水里满是戏水的鸭子和游来游去的小鱼。你看呀，柔和的朝阳，绚丽的云彩，温柔的风儿，横卧在身后的群山，还有这个倚山而立生我养我的村庄，头顶上升起的一簇簇袅袅炊烟，远处传来了百灵鸟悦耳的歌声。第一次，我感觉到我的故乡是如此祥和宁静，如此漂亮神秘，跟仙境一样。

上了大学之后，我便开始勤工俭学。从小，我的文章写得好，于是我便利用这一优势，开始在各大杂志和刊物上投稿。或许是我运气好，第一次投了十篇，中了九篇，拿到了九百多块钱的稿费。"咦，稿费还不低呢。"我心里乐得开了花。很快，我在我们学校小有了名气，学校的宣传稿工作也交给了我。一个月算下来，我的稿费加上勤工俭学挣来的钱，足足两千多。我花钱并不大手大脚，这两千多块钱几乎够我三个月的生活费，于是我写起稿子更加努力了。再加上我一直以来的好成绩，年年都得国家励志奖学金。奖学金我一分都没有花过，完完整整地交给了父亲，只希望他能对母亲和妹妹们好点。

毕业后，我以排名第一的成绩考进了事业单位，生我养我的那个村子再次沸腾了。当年，我是村子里第一个走出去的大学生；现在，我又是村子里唯一有着在城里扎根的饭碗的办公室白领。父亲和村子里的人们谈起我时，脸上逐渐多了份温柔，更多的时候，父亲的嘴角是上扬的。他的性格也好了许多。

今年，我 25 岁，我凭借着自己的努力和勤奋在成都买了一套真正属于自己的房子，我把父母接了过来，我更多地是想让我的母亲过得好一点。

前几日我生日，父亲买了一个很大很漂亮的蛋糕，母亲做了一桌子我爱吃的菜。我有些激动，又有些惊愕，这是 25 年来我第一次过生日，也是从小到大第一次父亲给我过生日。我开始有些紧张，站在饭桌前搓着手心不知所措。

明天更好

霞亚凸·毕淑敏·杨红樱·曹文轩等联袂推荐

　　"丫头，快过来坐。"父亲显然比我还紧张，说话断断续续，好不容易蹦出了几个字。

　　父亲、母亲和我坐在饭桌前，母亲忙着给我盛汤，父亲给我倒了杯温水，拉着我的手，红着脸很小声地问我："丫头，你恨不恨爸爸？爸爸知道自己脾气不好，这么多年来，做了很多错事，犯了浑。你能原谅爸爸吗？"

　　我抬头看着父亲，突然发现父亲两鬓的头发快白完了，头顶光溜溜的，不知何时没的头发，古铜色的脸上全是皱纹，眼睛深深地陷了下去，干瘪得像老树皮一样的手拉得我手背疼。这是我第一次认真端详父亲，觉得他慈祥了许多。其实，我心里很明白，父亲除了脾气暴躁，喜欢酗酒打人之外，在我们的学业上，他从没有放弃过。他凭着自己到处打的零工，一路供着我们姐妹三个读完了大学。

　　"爸爸，怎么会恨您呢。您呀，和我妈好好的就是我们做女儿最想看到的。"我惴惴不安地从嘴边挤出了这句憋在我心里很久的话来，泪花早已模糊了我的双眼。

　　"对不起，丫头，以前都是爸爸不好，爸爸知道错了，其实爸爸也后悔。他妈，跟了我委屈你了。"父亲一边说一边抹着眼睛。

　　"好啦好啦，快吃蛋糕，丫头，你爸现在正在改呢，吵了一辈子，这下终于清静了。"母亲红着脸连连帮父亲说好话，这可是我第一次见呢。

　　我将一大口蛋糕送入口中，蛋糕酥酥的，刚放进嘴里就化了。顷刻间，心底一丝甜甜的感觉，荡漾开来。

　　故事讲完了。迎娣也从最初一个弱小的姑娘，长成了骑兵。这支骑兵，是自己的，也是这个家的。

蘸一笔渭水，
泼一卷冬日浓情的长安水墨画

　　"秋风吹渭水，落叶满长安"，一叶落而知天下秋，一寒袭而知长安冬。立冬之后，一抹寒霜爬上了古城的墙头，牵着藏也藏不住的文明与雅致，在一片片热闹且活泼的人潮中涌了出来，带着冬的炙热和温和，在整个西安城里穿梭开来。于是，整个西安城都活泼明朗了起来。

　　北方的冬是冷瑟瑟的，风也大，吹到脸上好似刀割一般，人们出门时会裹得严严实实。西安的冬也一样，但又不太一样。西安的冬是有温度的，温暖、大度。你看啊，它是长安街头相互挽手搀扶的老人；它是临潼世界八大奇迹之一的兵马俑门前的人潮拥挤；它是大明宫遗址公园一家人其乐融融的笑脸；它是曲江大雁塔音乐喷泉广场上的五彩斑斓；它是唐长城遗址公园里舞动的那一抹羽绒红……

　　漫步在十三个至高无上金印玉玺叠映的这块厚重的土地上，我抬头仰望，满天的橘红染得整个西安城更加深情，连那几千年来孜孜不倦养育着我们的护城河河水在这绚丽斑斓的橘红映照下，把西

贾平凹·毕淑敏·杨绛等等跃然提卷

明天更好

安城衬托得更具风情了。放缓了脚步，停留在绾毂东西、呼应南北的轴心线上，近的是钟楼，远的是鼓楼，红饰璃瓦、明柱回廊、彩枋细窗、雕花木窗，在这直线距离只有几百米的西安城中心竟也骄傲起来。你在钟楼这头，对望着鼓楼那头，或者在鼓楼那头，看着钟楼这头，带着对故乡的眷恋和热爱，对人们的质朴与善良，对古城的原始和现代，冷静思索起来。蓦然，你会听到来自内心的一种强烈的呼唤，这种呼唤在你深深扎根于这座永恒的西安城后便开始有了。不管你是外乡人，还是本土人；不管你是已扎根，还是暂时的租客；不管你是年老，还是年轻，在你定居下来以后，你对西安的这份浓情慢慢地化为骨子里最刻骨铭心的爱。你我未必出生于这里，但你我愿意将这座古老又现代的西安城视为自己的归宿，在这里成长，在这里生养子女，安居乐业，直至死亡。

如果你要问我，冬日的西安城到底是一座怎样的城？那么请让我来告诉你。

西安城是一座城，但又不是一座普通的城，它的冬极其普通，但又不普通。它的冬是一首古诗宋词，用初雪铺就一纸笔墨，书写这千年古帝王都的沧桑厚重，用古老悠久的故事，诉说着这块土地上无数的辉煌与博大；它的冬是一章散文诗，用羽绒般的轻盈与炽烈，传递着汉风唐韵的开放与包容，温暖着一张张质朴温厚的脸庞；它的冬是一首歌，在西岳华山上一展歌喉，将华山初冬的雾霭和峻险做主歌，你的心跳做副歌，山峰上的树木、岩石、屋舍及游客全都成了过渡句和各种桥段。东南西北中，一峰望一峰。一树树奇松，一山一脊的霜雪，云雾在眼前流动，放眼望去，层林尽染，墨绿色的青松在白雪和雾霭的掩埋下，一深一浅，一明一暗，带着一种"人间只有华山有"的神秘与浪漫，让人忍不住探个究竟。

西安城的冬更是一个多情的人儿，一小碗长安老窖，一大碗biangbiang面，外加一勺油泼辣子，将西安人的直接与豪爽存留在唇齿之间。一尊尊神武雄壮的兵马俑，一口口响遏行云的中华秦腔，一副副生动形象的民间剪纸，一部部流动的鲜活历史，一处处浓郁的民俗特色，成就了这座古都的雍容儒雅与大气恢弘。这里是西安之最，更是西安的深邃与雍容。

如果你要问我，你有多热爱西安这座城？

我想告诉你的是，我对它的热爱是冷静的，持续的，有条理的，日复一日的。西安是中国历史的底片，更是民族的根基，它是一个永不褪色的梦，我叫它永恒。

这当然是情感的发泄与情不自禁，这也是热泪，是恸哭，是满怀欣喜，是返璞归真。这不是滥情，更不是冲动。

掬一捧冬水，捡一片落叶，蘸一笔渭水，泼一卷冬日浓情的长安水墨画。我会将它的名字，镌刻在我的肉体上，揉进我的骨髓里。

陪你一日看尽长安花 |

你说，你爱极了长安，因为长安城有我。

我说，那就来吧，冬天的长安城美极了。我会与你赴一场光彩绚丽的长安之约，让你流连忘返。

你说，那好，我周五晚上过来，周末回蓉城。

我说，好，我腾出时间，推掉一切，只为陪你一日看尽长安花，和你漫步旧城豪气扬，品味万千故事激胸膛，带你领略大长安之活泼，之韵味，之魂魄。

那日是周五，你请了一天假，坐上了开往你所在城市偏北方向的列车。这是你第一次来长安，你开心极了。

高铁穿过连接秦川友好之交、横贯中国中部东西走向之脉——秦岭。冬天的秦岭很美，白的是雪，深的是林，一峰连着一峰，一片白嵌着一片白。深墨色的树梢挂满了一个个晶莹剔透、形状各异的、来自大自然巧手雕刻的"冰花"和"雪花"。你望着窗外扬起的簌簌雪花，一簇簇落在峰顶上，洒在山谷里，跃进远处的麦田里，有的更是调皮，躲进了行人的帽衫里，袖口里。你看呀，这一个个小淘气还玩起了捉迷藏呢，不然，怎么一会儿工夫不到，先前藏起来的小精灵们怎么找都找不到呢。

你坐在靠窗的位子上，手捧着那只粉色的保温杯，窗外岭子上的景致早已深深地吸引起了你的注意，你看得入了神。那一刻，你竟期盼列车能开得慢一点，慢一点点就好，你还想多带走些这深邃的、神秘的大秦岭里的一些小故事。可是呀，这列车更像一个顽皮的孩子，故意和你作对，偏偏不能遂你的愿。你只好再次聚了聚神，后仰着头，眼神留恋，和你想带走却怎么也带不走的这银装素裹挥手告了别。你动了动鼻子，说好像闻到了它那纯净清澈的气息。你一边得意地说，一边向我眨眼睛。

带你穿过城南最繁华的商业街，我们在赛格商场七楼一家叫"长安老茶坊"的饭馆吃饭，给你点了些陕西特色菜和小吃，要了一壶老茯茶。你往嘴里送了一大口蜜枣镜糕，连连称赞好吃。我赶忙按下镜头，把你捉了进去。今晚，我的相机镜头是为你准备的，我给自己都没有留位子，是不是有些感动了？甭感动，动情了不好。

吃过晚饭，帮你拖着重重的行李箱，你背着双肩包，扎着马尾，一蹦一跳地跑向我。你轻挽着我的臂弯，调皮地给我抛了个媚眼，继而又甩给我一串笑。我怔怔地瞧着你看了几秒，呀，这姑娘真好看。

我们乘地铁在大雁塔站下了车，牵着手朝大雁塔北广场走去。你说，佩姐佩姐，我看过《再回雁塔》的宣传片，真的好震撼呢，那时候呀，我就在想，什么时候我才能见到实景呢，没想到今天我就来到了它面前，怎么有些感动了呢？我说，傻姑娘，别哭，不然别人还以为是我欺负了你呢。

明天更好

大雁塔北广场路沿两边是各式各样的彩灯，形态各异。我们走在路的中央，像是闯入了一个金灿灿的宫殿，头顶上的闪闪金光，应是被长安风吹得不小心掉下来的，洒在了我们的脸上，手上，衣衫上。一瞬间，我们也成了金闪闪的人儿。我看你的时候，你像个天真的孩子，正跑着在追逐突然打下来的光。那一道光，正巧拂过你的臂弯，一对翅膀便若隐若现了。我揉了揉眼睛，你身上的那对比金子还好看的翅膀更清晰闪耀了，就像天使一样。我赶紧拿出相机，拍下了这最让我动容的一刻。

长安城真美，你说。

路边小摊前挂满了会发光的发卡，摊位前围满了人，我们簇上前，一人买了一支。大红色的的兔耳朵，戴在头上，一闪一闪的，真是好看呢。

从北广场踱步到了南广场，火遍大江南北的新版大唐不夜城炫酷地映入我们眼帘。你看呀，整个大唐不夜城灯光闪耀，红色和金色交错影射，各种时尚个性的彩灯绚丽多彩，和着歌手们的低吟浅唱，还有悠闲漫步的人们，交织成了一幅幅动态祥和靓丽的中国画卷。这幅画卷，红的是喜庆，黄的是雍容，五彩斑斓的是挥画笔的人。这拿画笔的人真是厉害，大笔轻轻一挥，一幅幅最中国的长安城便铺洒开来。

这一晚上呀，大雁塔都是灯火通明，各种贴心的小摆件，复古的装置，摄人心魄的交响曲……都来为这座古朴又大气的城市庆贺来了。

美术馆和馆对面的灯光，更是不停地在交叉变换，简直美绝人裹。我们哈着气搓着手，竟觉不到一丝寒意。形状各异的灯光打在我们的脚下，时而几何，时而雪花，时而树叶，时而文字，时而花朵。好不活泼可爱。

很晚的时候，我说，我们该回去了。

你说，好，那再给我拍一张。这座城市果真名不虚传，谢谢你，佩姐。

我不明白的是，你在谢我什么，好像一晚都在言谢。

凌晨的时候，你接到表哥电话，说家里有急事，让你即刻返回达州。那一夜，你完全没有睡意，你心里着急，我懂，我只能紧紧抱着你。

第二天一大早，你买了回去的车票。临走时，我们互相拥抱，你拉着我的手，笑着说："谢谢你，赴我一场难以忘却之约，陪我一日看尽长安花。我们下次再见。"

"再见。"我说。

窗外抖进了一束太阳 |

窗外抖进了一束太阳。

太阳不偏不倚地跳上了我卷着的书页上。

一霎间，右边的这页纸亮了起来，和左边暗得发灰的那一页纸相比，要好看得多。在列车高速行驶中，这束光在这页纸上也伸开了它纤细的身子，竟跳起了舞。这厮一会儿跃上页首，一会儿蹿到页尾，那就像是某一种神奇的力量，拥着极具有劲头的顽皮性子，怎么看都觉得调皮捣蛋。我分析了许久，确定那是生命力极强且活跃的一种生物，翠绿且苍劲，我心生欢喜，目光不敢踱开，哪怕它有点刺痛我。

我将头斜倚着窗户，细细地瞅着身旁这厚厚的透明玻璃，我伸出手去抚摸它，我想感受和确定这束光是如何穿透这层厚厚的玻璃的。当然，不管我用手指在这块透亮的玻璃上如何地挪动，我也依旧看不透这股光。我不知道它到底在想些什么，忙着透进来想要干些什么。想多了头自然会疼，那干脆还是不想了吧，任它吧。

我有些口渴，拿起杯子喝水的时候，这束光又溜进了我的杯子里。顷刻间，杯子里的水也亮堂了许多，我轻摇着这水，水面上一下子泛起了粼粼微波，就像是满天的星星，又像是我们匆匆而过的闪亮的日子。有期许，也有念想；有光，也有影。对呀，有光的地方，就有影子的存在。这个影，属于过去，属于现在，也属于未来。

你看，这光它是有脚的呀。它轻轻悄悄地穿过不同的玻璃跑了进来。它不仅会穿过窗户，它还会从开着的门口跃进来；它不仅会从门口进来，它还会从任意一处有缝隙的地方缩着身子挤进来呢。

光有脚，光是太阳的脚。太阳的脚很多，就像爬山虎的脚一样。不然你看哪，远处的秦岭，近处的树梢上，都挂满了红红的发亮的太阳果子，你说诱人不诱人？

你看这光呀，它总是溜得飞快，一不留神，它就从我喝水探它的指缝间逃走了，连尾巴都抓不住。这不，才一会儿，车窗外的太阳都不见了，我开始有些捉急了，本想好好和它拉拉家常话，可它怎么连一句再见都不给我说就匆匆走掉呢？骤然，我的眼睛有些泛酸了。

你不知道呀，我是多想和这斯多待一会儿，哪怕多一分，甚至多一秒也可以啊。可这斯真够吝啬，多一点点时日都不给我，坏呀。

算了，去就去吧，该来的还是会来的，明天的太阳依旧是新的。

喔，对了，明天它再来的时候，我定要好好拥抱它。我要将我柔软的发深深地埋进它的怀里，我将轻轻地摊开我的双手，然后紧紧地攥住我手心里的这份温存与感动。我想更贪婪一些，哪怕它在我手心多待一会儿工夫也好。

过去的日子跟随着日日升起降落的太阳已悄然走远，它既然不肯说告别，那我也就干脆不说了吧。往后的时日，多去亲近和珍惜它便好。

曹平凹·华波微·杨棠亭·尚云需筹跃块推荐

明天更好

何为美？|

在这个看脸的时代，人人都喜欢好看的，长得俊的，毕竟"媚眼含羞合，丹唇逐笑开"的女子谁都喜欢。

可是虽说脸面是人的第一张名片，但是最先看脸的人却经常会"偷换概念"，经常会把这张纯白色的名片"理解"成另外一种意思，使得这个美丽的社会处处散发出了一种酸臭味儿，越闻越臭，甚至让人犯恶心。

我们身边很多人，对不漂亮和不俊的人始终戴着"有色眼镜"，甚至瞧不起他们，这种现象在娱乐圈、媒体圈、国企、私企和我们生活的圈子里，比比皆是。但我们要知道，那些平时看起来不起眼，甚至掉到人堆里都找不到的人，往往更有本事，更有魄力。比如，马云先生。我在这里并不是强调马云先生丑，也不敢随意评论任何人。马云先生和我们大多数人一样，我们大多数人也和马云先生一样，都是最先身而为人，然后通过后天不断的努力、不懈的坚持和敢于创新的思维，才敢为人先，走在了时代的最前沿。其实，我们都是马云先生，我们也是千千万万个马云先生。首先，他和我们一样，但又和我们截然不一样，我们还需要不断地学习，不断地摸索，不断地沉淀……

前段时间，我的一个关系非常要好的男性朋友经常会在我面前谈及这个女生有多漂亮，那个女生身材有多好，我们每次聊天的话题他好像都会提及漂亮女生，并时不时地将漂亮女生和不漂亮女生作比较。更甚的是，对方还认为长得丑老实朴素的女生没有本事，没有情调，应该也不会有人喜欢。后来让他想不到的是，他最好的哥们和他曾经最看不起的"丑"女生在一起了好多年，人家过得幸福着呢。

还记得他曾经在我面前表示过他对这个"丑女生"的不屑与厌恶，觉得人家女生太老土，可是我也后来听说，当年的那个"丑"女生，如今是一家外企的资深讲师，高收入不说，人家现在可有气质了，真的是"腹有诗书气自华"呢。

我们身边，有些人真的很俗，用"俗不可耐"形容一点都不为过。他们不懂美，更不理解美，他们不会欣赏自己，更不会欣赏别人。何为美？美是指能引起人们美感的客观事物的一种共同的本质属性，也是人类关于美的本质、定义、感觉、形态及审美等问题的认识、判断、应用的过程。美不是简简单单的一个字，更不是孤立的对象，而是与人的需求被满足时的精神状态相联系的人与刺激的互动过程，美的主体是人，通过信号的传输，将外在和内在能让人产生愉悦的身体和精神反应表示出来。

我们都知道，一个人的长相并不是他自己能够决定的，但是，我们可以通过读书，通过旅游，通过化妆，让自己变得有气质有内

贾召凹·毕淑敏·杨绛等·丁云情等联袂推荐

明天更好

涵有教养，我们在生活和为人处世中，循规蹈矩，谦虚学习，时刻以最漂亮的姿态，最努力的样子，最善良的品性，最高雅的素养，最朴实和真诚的心面对一切，难道你不觉得这样的人才最美吗？

我还有个朋友，他不高，不帅，不富，话也不多，但是我们每次聊天时他都会很认真地去听。他本身是很优秀的，但他又特别谦逊，他给人的姿态永远都是真诚的、友好的、有品味的，他的每一句话让人听了都特别舒服，他的每一个动作都彰显着优雅。每次和这类朋友聊天，我都会很舒服，很自在，你不会担心说错一句话对方会恶语相向，你更不会把真正的自己"藏"进一个灰色套子里，不敢左不敢右。我的这个朋友看起来是很普通，但他又极其不普通，他浑身上下都在发光，并且光彩夺目。

你看啊，街上美女、帅哥很多，脸蛋精致，五官端正，但他们一定都是"最美"的吗？我看未必，真正的美在于心，在于从内到外很自然地散发出的一种气质，一种好品性，一种高雅，这是善良，这是诚信，这是谦卑，这是教养，这是格局，这更是大爱。

今天去拜见了一位地产界董事长，她是一位40多岁的中年女性，她长得并不漂亮，但她的坐姿很优雅，很知性，她全身上下都散发着一种强大的气场和诱人的气质，她的每一句话都让人很舒服，这让我一个女生都对她喜欢和欣赏到了骨子里。我想，这才是真正的美吧。

在这个浮躁的社会，我们都应该做一个外在有气场内在有东西的人。这种东西，是文化，是品格，是友善，是传承，也是创新。而不是做一个肤浅得只要面子不管里子的人。

里子都坏透了，要面子有何用？

我在午夜读你

我基本是不喝酒的，尤其是白酒，从来都不沾它。

可是那天，屋外格外冷，屋子里虽说放了两个烧得正旺的火盆，可依旧挡不住从敞开的门袭进的寒气。

这里是南方，我从北方来。

在北方的时候，办公楼、家、餐厅、咖啡店、书店，我常去的地方都会有暖气，丝毫觉不到冷，可今天在南方的街道，甚至在屋子里，我都觉得冷，是湿冷。这种冷和北方的冷不一样，北方的冷是干冷，冬天就是干冻，而南方的冷却湿极了，在这个我熟悉的城市，人们习惯称它为湿冻。在这座我曾待了多年的城市里，我竟开始有些不习惯这种冷了。

但没关系，他们是火热的，我和他们的心是滚烫的。我们吃饭的这家店叫阿屋，屋里养了只很大很温柔的狗。这条狗安静地卧在我脚旁，听着我们讲故事。

饭桌上摆了两只正在烤菜和五花肉的大炉子，朋友们吃得正起兴，锅里油煎鸡排的声音"滋滋滋"作响，边儿上的韭菜已泛出淡

贾平凹·毕淑敏·杨焕亭·尚云霄联袂推荐

明天更好

淡的香味儿，烤了许久的鳕鱼肉嫩极了，香喷喷的鲜美之气漫延迂回，萦绕鼻端，令人垂涎欲滴。我吸了一口气，哇，真的是闻其香，心旷神怡。我用筷子轻轻一捻，一大块白花花的肉顺着筷子落了下来，我急忙夹紧了这块肉，送入口中。顷刻间，它便在我舌尖融化了，真是回味无穷。

我们一边吃，一边举杯。邻座的城邀我举杯，我笑着告诉他我不喝酒，还是以茶代酒吧。我用茶水碰了一杯又一杯，他们用纯度高粱酒把"保重"念了一遍又一遍。

晚点兴致来了。为了更尽兴，我也端起了酒杯，一杯敬朋友，另一杯还敬朋友。第一次喝起了白酒，我并不觉得难喝，只是有些辣咽喉。我先轻抿了一小口，本以为会呛上半天，可并没有。我轻闭着眼，香醇的原浆酒悠然滑过我的舌尖，滋润过了我喉，她温柔地滑入了我的嗓，我赶忙屏住呼吸，想更紧密些去贴近她，品读她，可她多调皮呢，一会儿跑到我的胃里，一会儿钻进我的血液里，她停留过的地方，香气袭人。顷刻，我的每一处毛孔也开始甘甜起来，我的血液也在血管里更加活跃了，她真是个淘气的孩子，开始在我的胃里翻滚，攀爬，跳跃。真拿她没一点办法。

既然她调皮捣蛋，那就索性不让她变乖吧，由着她去。

她只管高兴就好，我也得花些时间好好照顾照顾我的味蕾了。我闭紧了眼，扑面而来的是高粱粒的醇香，这种香是纯粹的，是深邃的，是深远的，是愈久弥香的。我忍不住喝了一大口，咽了下去。喝完一杯，再喝了一杯，喝了第二杯，再喝第三杯，借着酒精，城对我说：能遇见你真好，谢谢你影响和激励了我，你给人一种心贴心的温热感。这让我动容。

城是我的读者，也是一个很优秀的男孩子，95 年出生，今年才 23 岁，四川泸州人，中共四川省委党校硕士研究生，多次发文并获奖。他小我五岁，心智却颇为成熟。他笔下的文字如行云流水，旷远通透，有着与他年龄实在不相符的稳重与自持。第一次见他的时候，便对他颇为欣赏。这样的男孩子谁会不喜欢呢？

可此刻，城一遍遍向我言谢，我一遍遍以笑回应。直到城说累了，我也笑僵了。

我应是这样一直保持一颗谦卑清和的心伏案写文，用心织梦，用情温暖和对待身边的每一位朋友和读者。

再一次，我的眼角湿润了，这不是感动，不是矫情，这是读者与作者在文字的碰撞下产生的共鸣。这种共鸣，在今晚高粱酒的促进下，更加深刻，也将在未来的道路上，日日精进。

头顶的灯一闪一闪地打在我脸上，我终于感到了眩晕，但我很清醒，我能感到我的双目透出了一股光，这股光十分闪耀，好像我们吃饭的这个屋子一下子都亮了许多。我的大脑始终是条理清晰的，我还能叫出一个个朋友的名字，能看清每个人脸上的痣斑。

吃好了些的时候，我们再一次举杯邀新年，娟有些微醉，白静的脸上映出了几道绯红，远远望去，就像是彩虹。这虹啊，衬着娟那樱桃一样嫩红的小嘴，显得她可爱极了。

是时候关掉屋里的灯了，我们拿起手机，伴着音乐，唱着那首很火的歌：

让我掉下眼泪的 不止昨夜的酒

明天更好

让我依依不舍的 不止你的温柔

余路还要走多久 你攥着我的手

让我感到为难的 是挣扎的自由

分别总是在九月 回忆是思念的愁

深秋嫩绿的垂柳 亲吻着我额头

在那座阴雨的小城里 我从未忘记你

是的，在这座阴雨的小城里，我从未忘记你。这里的每座城市，都有我曾最年轻的模样，最执着追着的梦。

忆起时，有些动情。这我早都能猜到，果然。

披了袄子起身，踱步到阿屋的前院，想透透气。抬头揉眼睛的瞬间，看到了满天繁星。晚上的风很辣，就像这里的朝天椒一样，打在脸上，如刺一样疼。可我喜欢。

正是大寒这天，又是半夜，风吹得急，酒也喝得烈，我在阿屋院子数星星，星星很繁，夜黑得也清宁。反正我喜欢。

阿屋的老板很温柔，也很细心，见我喝了些酒，便开始为我调他的秘制柠檬蜂蜜水，我喝了很多杯，老板调了很多杯。

娟比我还不胜酒力，喝了一杯就睡着了。幸好是睡着了，不然像我一样，那得多劳烦阿屋老板呀。

晚点的时候,我拖着行李箱,抱着大家送的礼物,上了计程车,归。

归的途中，我下了车，想静静地走一走，只为寻一缕冷香，让灵魂在今晚的霜露与孤月中得到洗礼，更或者，我只是想好好看看这片静谧的夜，一颗星奔出的瞬间，不是也很好吗？

何须多说，这黑黑的夜知道是我又来了呀，不然两旁的街灯怎么会打得格外亮堂呢？

信仰使人心如赤子

　　有一个中年人，年轻时追求的家庭事业都有了基础，但后来却觉得生命空虚，时常感到彷徨无助，内心孤单，他不得不去看医生。

　　医生听完他的陈述，开了四副药。对他说："明天九点钟你独自到海边，不要带任何打发时间的东西，到了九点、十二点、三点、五点，分别服用一副药，你的病就可以治愈了。"

　　中年人半信半疑，但第二天还是按医生的嘱咐来到了海边，一走进海边，尤其是清晨，看到广阔的大海，心情顿时清明。

　　九点整，他打开了第一副药服用，里面没有药，只有两个字"谛听"。他真的坐了下来，听风的声音、海浪的声音，甚至可以听到自己心跳与大自然的节奏合在一起的声音。他已经很多年没有如此安静地坐下来聆听了，因此感到身心都得到了清洗，一下子神清气爽起来。

　　中午十二点，他打开了第二个处方，上面写着"回忆"两字。他开始从谛听外界的声音转回来，回想自己少年的无忧快乐，青年时期的创业艰难，想到父母的慈爱，兄弟的友谊，妻子的关心，生

命的力量与热情再度燃烧起来。

下午三点，他打开了第三副药，上面写着"检讨你的动机"。他仔细地想起早年创业的时候，是为了服务人民，热忱工作，可等事业有成后，他只顾赚钱，眼里只有利益，忘记了生活本应去享受，去感受，在失去了自己的信仰和经营事业的喜悦时，也失去了对家人的关怀，想到这里，他早已深有所悟，后悔极了。

黄昏时，他打开了最后一副药，上面写着"把烦恼写到沙滩上"。他走到离海最近的沙滩上，写下"烦恼"两个字，一波海浪涌来，一下子淹没了他的"烦恼"。洗得沙上一片平坦。他更加顿悟了。

这个中年人在回家的路上，重新恢复了生命的活力，他的空虚和彷徨也被治愈了。

这个故事被我今天在林清玄老师的《不闻，是一种清净》一书中再次读到，这是关于高登先生的真实故事。我一直喜欢这个故事的缘由，是因为人生本应就是这样，本应活得自在轻松，活得清净。

在这个物欲横流快速发展的社会，不管我们做什么，都好像只追求一个结果，过程的美妙或酸楚，我们根本来不及品味。总以为自己很忙，总假装自己很忙，总借口自己很忙，忙着拼事业，忙着挣票子。可当我们外在真的富起来后，我们快乐吗？去问问自己。

那些外表看起来"富得流油"的人，他们的内心也"富"吗？我看不一定！

这是个"速食"的时代，时代赋予我们要努力，要进步，要向前（钱）看，可当我们在只追求金钱权力的时候，我们还能记起我们的初心吗？我们每天如同行尸走肉一样，奔赴着一场场酒局，喝着一瓶瓶连自己也叫不上名字的酒，挤满笑，迎合着一个个称我们为"兄弟"的人。

"兄弟，你放心，有你老哥我在，就没有办不成的事儿。"一个满脸横肉的老哥说。

"那是那是，我老哥多厉害，来来来，我敬老哥，以后啊，还要劳烦老哥多多帮衬小弟。"另一个年轻一些的兄弟一边挤着笑，一边倒酒说。那张堆满笑的脸，怎么看都觉得可笑。

"兄弟，你不喝就是不给我面子喽，感情深，一口闷。"一个大腹便便之人随声附和。

"好好好，老哥，你看我干了啊。"另一个年纪轻点的卑躬屈膝地恭维着。

不仅如此，我们还骄傲甚至得意扬扬地高吼道："这才是酒文化，这才是中国的酒桌文化。"

可是兄弟，你知道中国人的酒桌文化讲究的是什么吗？是适可而止，是礼貌相让，是不劝酒不逼酒，而不是往死里喝！不知何时起，我们认为的酒文化就是：1、劝酒；2、以多为荣；3、势力；4、虚伪；5、浪费资源；6、动机复杂。所有的种种，都是我们酒桌上最丑陋的表现。以前有李白斗酒诗百篇，你看看现在的酒桌上出得了李白吗？红楼梦中还行个酒令，比比文化，现在的酒桌上有酒令，有文化吗？我希望我们每个人，都能反思，问问自己的初心是什么？问问自己累不累？问问自己空虚无聊吗？问问自己还有没有信仰？

难道你的信仰就是把酒言欢，胡吃海喝吗？难道只有往死里喝才能谈成生意，促成事业吗？

相信很多人会沉默。沉默就对了，说明你还有思想，还能忆起最初单纯有信仰想去追求美好事物的自己。

我在我的《青春是一场没有终点的行走》一书中写过这样一段话：生活的本身简单明了，心静了事就平和了，若被乌云笼罩，必定会活得很累。无聊地攀比，笨拙地模仿，没有底线地做人，只会让你越来越躁动不安，越来越孤僻，慢慢地失去灵魂。人生就是一场修行，修的是一种心性。要懂得取舍，懂得包容，懂得珍惜，然后以一种独一无二的姿态，活出与众不同的自己，让自己的每一天都充满活力与意义。

虽然我们生活在一个"速食"时代，人们做事只讲速度，只求结果，可我们有没有发现，正是我们的"速食"行为，催熟了一批行为如成年人的孩子。这些孩子没了该有的活泼可爱，没了该有的天真无邪，有的只是自私自利，木若呆鸡，像谁？像我们！

当然，这不能全怪我们。诱惑那么多，谁都心动，但我们要时刻反思和学会调整，不忘初心，踏实做人做事，不慌不忙，多去享受过程，多去感受人与人之间的真诚，空了多做做自己喜欢的事情；喘不过气的时候，留点缝隙，让阳光洒进来抱抱你，让风儿吹进来轻抚你，你会发现，你的心会亮堂许多，你也定会寻到曾经那个有信仰有信念的自己。此时的你，一定心如赤子，你的内心一定会是干净的、明亮的、丰富的！

不要忘了，首先，你应该是一个有血有肉有灵魂有信仰的人，其次才是会挣钱和能挣钱。

老人的心事

冬天的早晨真舒服，被窝儿是热乎乎的，大棉袄也是热乎乎的，直叫人想赖在床上到晌午，这舒服劲想想都美呀。你看，房子的玻璃，也被这屋子的热乎儿惹得直冒汗。装在屋子中间的燃煤炉上的铝壶里的水正滚烫滚烫的，炉子里的碳火烧得正旺，估计是怕冻着屋里的老人。

天微亮时，屋外的公鸡开始打鸣。"喔喔喔……"一声接着一声，声声脆耳。老婆子在公鸡的阵阵叫声中，翻了翻身，伸着脖子探了探还黑着的天，继而再瞅了瞅身旁熟睡着的老头子。老头子睡得正香，满是褶子的脸上挂着笑，一阵阵"呼噜、呼噜"的声音时不时地从被窝挤了出来。

"这老头子，睡觉就睡觉，还想啥美事，看把这老头子高兴的。"老婆子一边喃喃自语，一边把老头子的被角往上拉了拉。老婆子瞅了瞅老头子的脸，这才掀起自己还冒着热气的被子，扣好棉衣扣子，披了件绣着花的旧袄子出了房门。

打了盆水，又进了房子，老婆子小心翼翼地洗完脸，轻手蹑脚

地又端着盆子出了房门，生怕吵醒熟睡的老头子。

老婆子进了厨房，围上围裙，开始给老头子准备早饭。这老头子呀，正是耄耋之年，身体早已大不如从前，高血压，高血脂，肠胃不好，牙口也不好，吃不得大肉，更吃不得硬的东西。每天做饭呀，老婆子都要费尽心思变着花样给老头子做吃的，生怕硬了硌着他，软了没嚼头。这不，为了让老头子起来就能吃口热乎的汤饭，老婆子每天都像今天这样，天麻明儿的时候起，老头子睡着了息。

这老头子，睡觉轻，实际上他早就醒来了，怕老婆子担心，于是这老头子每天呀，一醒来又装睡。别看老头子年纪大身体不好，但脑瓜子清醒得很。

老婆子在厨房忙着洗菜切菜，烧水煮饭。恰好前天女儿回娘家时带了几颗大菠萝，这菠萝，隔着皮儿都能闻到香，唯一不好的就是太凉太硬，老头子咬不动。为了让老头子也尝尝这菠萝的甜味儿，老婆子思前想后，突然想起电视上美食频道讲过菠萝也可以蒸米饭。老婆子欣喜，赶忙用长满茧子的手一边用力摁着菠萝，一边全神贯注地削皮。

"这果肉真是香，就是这皮，太硬了。"老婆子自言自语道。

前前后后耗了半小时，老婆子终于把菠萝饭蒸到了锅里。加了些柴火，不一会儿，整个厨房，一股诱人的果香和米饭的清香钻进了老婆子的鼻子，直让人口齿生津。老婆子用瘦骨嶙峋的手掀开这又厚又重的铁锅盖，一股热蒸汽忙着冒了出来，在热腾腾的烟雾中，数来条黄澄澄的菠萝丝盖在饭上，白色的米饭里还夹着些许红薯粒、玉米粒、青菜块。就好像白玉上镶嵌着一颗颗红色的玛瑙、绿色的翠玉和耀眼的碎金，菠萝则好似褪褓，裹住了这胖娃娃，越看越可爱。

老婆子眯着眼，猫着腰，往灶台前再凑了凑，她伸着脖子轻轻地闻了闻，"真香，这下老头子就能吃到菠萝饭喽。"一想到老头子起来后就能尝到这甜丝丝的菠萝饭，老婆子脸上挂起了笑。

老婆子重新回到案板边儿上，准备要炒的菜。她拿出一小撮芹菜，认真洗掉上面的泥，再用右手握刀垂直放在芹菜上，左手按着芹菜，一丝丝的芹菜节顺着刀沿落下，一丁点儿的硬丝都瞧不见。老婆子做了一辈子的饭，她的刀工很好，切出来的芹菜丝长短一样，薄厚均匀。老人把芹菜丝均匀地放在白色的瓷盘里，再把盘子放进锅里，开始添柴火，加水蒸菜。

"这老头子呀，牙口不好，得先蒸软，他才能咬得动。"老婆子喃喃自语。

几分钟过去了，芹菜杆子被蒸得软软的了，闻起来有一股淡淡的味道。老婆子慢慢地夹起一小块，吧唧着嘴巴唆了一口，继而满是褶子的脸上再次挂起了笑。想必这芹菜已经蒸得差不多了。

倒掉锅里的水，擦干后，再倒上油，待油烧开后，老婆子把盘子里蒸得软酥酥的芹菜丝再次倒入锅中，进行二次清炒。其实老婆子这一辈子是不爱吃芹菜的，老觉得这菜清苦味淡，怎么吃都吃不出香味儿来。但这老头子呀，有高血压，多吃芹菜能降血压，对身体好。这不，老婆子也开始爱上了芹菜，几乎顿顿不离它。这么多年过去了，老婆子便也不觉得芹菜味淡了。

老婆子在厨房忙活，老头子也闲不住，偷偷起了床，跑到后院扫地去了。扫完地无事做，老头子开始晨练起来，他从后院挪步到

前院，再从前院踱步到后院，绕着院子转了好几个来回。

农村的宅基地长，老人的家从前院到后院近百米长，对于一个年高体弱的老头子来说，走几圈下来，还是吃力。但为了能多些时日陪陪老婆子，老头子这样坚持锻炼已有好些年了。不管刮风还是下雨，老头子从不间断。这让老婆子心疼了很久，后来也就习惯了，由着老头子去。

晨练完后，太阳也慢慢地探了出来，映得老头子光溜溜的头皮更亮了。老头子坐在厨房门口的藤椅上，一会儿看看太阳，一会儿朝厨房里望望，好像看着自己的老婆子才能心安。

其实呀，老头子心里一直装着事，那就是放心不下他的老婆子。

在五十出头的年代，老头子就和老婆子结了亲，俩人相亲相爱走过风风雨雨六十多年，含辛茹苦地拉扯大了五个孩子。如今，孩子们都已经有了自己的家庭和工作，孙儿们也都整日在城里忙着工作，这个大大的家里平日就只剩下老两口。尤其到了冬天，这个家显得更孤单了。

老婆子做好了饭，出了厨房打算去喊老头子吃饭，一出门，便对上了老头子的双目。"这老头子，起来了也不说声，坐这吓人啊。"老婆子嗔怪道，"快吃饭了，老头子。"

老头子猫着腰，双手背在身后，慢慢走到饭桌旁，等着老婆子盛饭。

老婆子先给老头子盛好饭菜，自己才坐了下来，两人你一口我一口地吃了起来。

吃完饭，老婆子回到厨房洗洗涮涮，老头子继续坐在厨房门口的老藤椅上，望望天，望望院子，望望他的老婆子。

两位老人都到了杖朝之年，他们就像是一个人，他们也活成了一个人。老头子的生活离不开老婆子，老婆子更是离不开老头子。老头子心思重，整日有着操不完的心，他忧虑他以后若是先走了，老婆子一个人该怎么度过？他的孙儿们有的还未长大，他想看到他们长大成材。

其实呀，老婆子也放心不下老头子，他若先她去了，他在那边会不会吃不惯，穿不暖？

正是巳时，太阳的整个脸已经露了出来，金灿灿的阳光顺着树杆泻下来，一瞬间，微光点点。这光来得真是及时，才不一会儿，它就驱散了冬日晨雾的寒冷。院子菜园的清香，左邻右舍饭菜的飘香，偶尔几声母亲唤儿回家的叫喊声和婴儿嗷嗷待哺的哭泣声，也从门缝里传了进来。老婆子依在老头子身旁，看着太阳，聊着家常……

这样的烟火生活老人过了一辈子，拌了一辈子，更伴了一辈子……

这辈子，老头子心里只有他的老婆子，即使儿女很多，也都很孝顺，可老头子总觉得，只有他在，老婆子才能踏实。

时间如少年，满怀欣喜；时间又犹如长者，沉重凝滞，在这一上午的太阳光中悄然溜走了。"老头子，你看这时间过得快的，一晃咱们都老了，几十年啦。"说这话的时候，老婆子弯着眼望着老头子，满是柔情。

我从门缝探进头，看着老人互相依着的身影，驻了许久，怎么也不忍心推开门叨扰，只得离去。

贾平凹·毕淑敏·杨焕峰·尚云儒等联袂推荐

明天更好

希望 2019 比 2018 会多爱你一点 |

2019 年 1 月 1 日，新一年的第一天。

我给大家讲个故事吧。

我有个朋友，是个有点声望的新闻人。前段时间有位姑娘煞费苦心地找到他，哭哭啼啼地向他诉其委屈，希望能得到帮助。

见姑娘实在是走投无路了，朋友安慰了半天，才让姑娘冷静了下来。朋友和姑娘，我就暂且用 A、B 来做称呼吧。以下为谈话记录：

A：您好，请问发生了什么事，让您这么痛苦？咱们先冷静冷静，理清楚，慢慢说。

B：我被人骗了，他骗走了我所有的积蓄，还把我借来的几十万也骗走了。我找不到他们，现在借给我钱的人天天上我家闹，我不敢回家，我觉得我这一生要完了。我该怎么办？

A：具体发生了什么？可以详细讲讲吗？我了解了事情的来龙去脉，才能想办法帮你找律师写材料。

B：我在市供电局上班，事业单位，我们单位待遇很不错，我每个月的收入在这个四线小城市里算是高收入了。我前夫是一个小工厂的工人，他一个月工资也就两千多一点，应该还是能够养活他自己的。可是去年，我们离婚了。他跟厂子里的主管大妈跑了。我的收入远远大于我的支出，所以一年到头来我能攒到手里的是一笔大金额的存款。我离婚后，状态特别差，感觉自己活成了祥林嫂，逢人便诉说自己为家庭的付出，自己如何如何努力最终却得了个这样的结果。我的一个认识了好多年的女朋友C见我整天郁郁寡欢，便主动提出每天下班来陪我。有一天，朋友C神神秘秘地对我讲她有个赚钱的路子要与我分享，反正我的闲钱闲着也是闲着，她有个贷款公司的哥可以把我们闲钱拿去帮我们换取更高的利息，并在规定时间内系统会自动返还给我们本金和高额的利息，反正闲着也是闲着，还不如用手头的闲钱多换点利息。于是，我就把我所有的存款全拿了出来交给了我的朋友C，让她帮我拿去赚利息。我还介绍了很多亲戚朋友，包括我们单位的同事，大家很多人都把自己的闲钱借给了我。前半年，利息确实每个月都会按时返给我们，而且比银行的利息高出了十几倍。我觉得呀，这确实是一个很不错的理财方式，于是我也劝说了更多的朋友参与了进来，大家很信任我，见我赚了钱，也都把自己的闲钱交给我，让我帮忙走借贷流程。我也是好心，满脑子就想让大家多受点益，于是我把大家交过来的几十万全借给了朋友C和贷款公司的那个哥。可是，现在我找不到他们人了，我们的本金和利息也两个月都没返还给我们了。我去过他们公司，保安说早都搬走了。我现在彻底联系不上他们了。同事、朋友们纷纷来找我，要我赔钱，天天堵在我家门口。你说，我能怎么办？我这人就是命不好，怎么倒霉事都找上我了？

明天更好

　　我的朋友 A 向我诉说了姑娘 B 的故事，我并没有继续追问姑娘后来怎么样了，过得好不好。我的心里有一种说不出来的感受，既心疼姑娘，又怜惜姑娘。姑娘前夫出轨，被迫离婚，本身就对一个专情又痴情的女子来说，是一件天大的事情，状态差点崩溃，这时若出现了一个特别嘘寒问暖、关心至极的人，也许不管是谁，都会感动，从而失去自我保护意识。此外，若不是这类人内心的贪念占了理智的上风，也就不会出现这样的事了。

　　人往往在金钱面前，很容易丧失本性。有人说，在金钱和权力的道路上，很容易让人忘掉初心，变得愈加贪婪。这个故事就是最好的说明。

　　看吧，全都是贪欲惹得了一身祸。她的前夫为了有权有钱，和厂子里的主管老妇人跑了；她为了高额利息，失去了正常人的理智和思维；她的朋友和那位自称是哥的人，为了金钱，出卖了道德和底线，带着贪得无厌跑路了。贪得无厌，最直接最表面的意思就是贪图名利或金钱之心永远得不到满足。看吧，结果如何呢？

　　"穷，则独善其身；达，则兼济天下。"古人流传下来的处事立人之道不是没有道理。然而，有时现实中发生的一些事或者某个瞬间，真的能让人看到人性的另一面。

　　贪婪所导致的那些人间悲剧，那些生态恶化，都时时刻刻发生在我们的身边。

　　故事讲完了，故事里的主人公看起来很悲惨很可怜对不对？可是，"可怜之人必有可恨之处"，这句话也不是没有道理的。

　　有时候生活的曲折会让我们感到手足无措，但在命运面前，我们既不能为烦恼买单，也不能自暴自弃。我们要做的，就是做好调整好心态的准备，从你曲折坎坷的人生里学会总结，反思，和成长。

你一定还是要善良，但是你一定要善良得聪明，善良得有底线。你才不会轻易受伤害。

2018 年过完了，2019 年，我希望你我都能比往前的日子过得更好，少点悲伤逆流成河，多点阳光灿烂的日子。

我希望你依旧善良，一定要聪明，一定要理智，一定要有道德有底线。我希望 2019 比 2018 会多爱你一点，多一点就好。2019，愿你平安依旧，健康依旧，快乐依旧，幸福依旧。

2019 年，新年快乐。

大年三十 |

　　昨夜的昨夜是大年三十，2018年农历十二月的最后一天。己亥年。

　　三十夜的前数小时，我收到了好友旭托长途大巴司机送来的新年礼物。和亲人驾车去取，司机人很和蔼，在机场车站等我。向大巴师傅言谢后，我顺便说了句：新年快乐。师傅好像有点动情，我听到师傅说"不客气"的时候声带突然微抖了一下。或许是过年了师傅也念家的缘故吧。大概是这样，我想。

　　回去的路上，我打开了装礼物的盒子，盒子是红酒专用礼盒，皮制的，很高档，也很精致，可以装进两瓶红酒。盒子侧面有一个精美绝伦的小锁，我轻开了锁，一个酒格里被棕色的皮扣紧紧地扣了瓶法国佳美红葡萄酒，另一个格子里放了一小盒乳鸽蛋和两只已经清理干净的乳鸽。好友旭托人不远百里送来美味，只因乳鸽肉美味，熬汤营养价值极高，刚好可以带给前段时间做了手术的外婆吃。

　　我感激不尽，不知说什么才好，只得发消息过去再三道谢。

　　三十夜的七点二刻，我们一大家人陆续回到了爷爷奶奶家里，八十一岁的爷爷坐在屋子最中间的位置，父亲、伯伯、小叔们围着爷爷嘘寒问暖，谈着过去一年的工作及收尾，盼着新的一年的好愿景；奶奶、母亲和姨姨们忙着在厨房准备年夜饭，案板上早已盛好了各种炒菜，红红绿绿的，颜色搭配得恰到好处，真是色香俱全呢；昔日满地跑闹最喜欢在三十晚上放鞭炮的孩子们也已经长大了，大方地坐在炕沿上，谈着学业，聊着梦想。

就说今年大年三十夜怎么这么安静呢？村里也没了鞭炮声，原来是今年开始禁止燃放爆竹了。虽说少了些许年味儿，但还好一大家人都回家了，真是其乐融融，满屋子的欢声笑语。

三十夜的八点整，随着春晚的正式开始，我们的年夜饭也开始了。大人一桌，孩子一桌，喝酒的喝酒，喝茶的喝茶，吃菜的吃菜。爷爷怕大伙儿冷，不停地往烧得正旺的炉子里添炭，不一会儿，炉子里的火也旺了许多，炉子上水壶里的水"滋滋滋"地直响。在过年的气氛烘托下，爷爷的小屋子显得更有生气了。

趁家人们都在，我发了微信视频给远在西宁的大姑。大姑是大爷的女儿，大爷是爷爷的大伯的孩子。自大爷从军远走他乡定居西宁后，他便在那边成了家立了业，生下了大伯和姑姑们。说来还有点遗憾，虽一直和大姑都有联系，也常打电话发信息问候，可打我记事起，见到大姑的次数并不多。有段时日，大姑回老家，我却在外求学；近年，大姑回老家，我又在外忙工作。每每想到这里便会心生愧疚。倘若今年空闲，定要去西宁看望大姑。

视频接通后，我问候完大姑，顺便拜了拜年，便将手机拿给爷爷奶奶。眼睛有点花了的爷爷奶奶在视频里看到远在千里的大姑、大伯，甚是激动，年迈的爷爷对着手机屏幕不停地大声对大姑说道："新年好啊，我娃新年好啊。我啥都好，我娃也好好的啊，瞧我

娃胖了，缓过来了，真好啊。"爷爷一边慈爱地笑着说，一边用手揉了揉满是褶子的眼角。可我分明看到，爷爷的眼角湿了，湿一大片。

满头银发的奶奶赶忙往爷爷的脸边凑了凑，一边喃喃自语道："现在的科技真发达，离这么远都能见到我娃，我娃也新年好啊。"一边紧紧地瞅着手机屏幕里的大姑，不停地叮嘱大姑要好好吃饭，想家了就回来。

感受着耄耋之年的爷爷奶奶对远在天边孩子的牵挂和嘱托，端详着长满褶子、满头白发、脸庞消瘦的两位老人，那一刻，我真的很怕，从未有过的恐惧突袭而来。

老人老了，真的老了。

短暂地调整了状态，我把手机又递给了正在聊天的父亲和叔伯们，家人们欢喜地看着视频那头的大姑，你一言我一语地问候着远在西宁的亲人。小小的屋子被大大的爱填满了，那种感觉我真的很喜欢。父亲捧着手机给大姑介绍围在身旁的每个孩子，懂事的孩子们一个个凑到镜头前，一个接一个地给大姑拜年。瞧，视频里，视频外，一大家人上和下睦，真好啊。

吃完年夜饭，家里的男人们喝了点酒，在冷冷的夜里不冷了；家里的女人们拥在厨房洗洗涮涮，笑声嘹亮得穿透了整个厨房玻璃；孩子们对着春晚笑着，那一张张笑着的白净的脸，在电视节目欢乐气氛的烘托下，特别好看。

夜很深了，到了该跨年的时候了，大家一齐举杯，干了最后一杯，嘴里高呼着：新年快乐。

才说完，窗外便绽开了烟花，一簇接一簇，像舒展开的云朵，又像盛开的莲花，一瞬间划破了整个夜空，也照亮了伯伯们归家的路。